레전드급 낙오자 1

홍성은 장편소설

초판 1쇄 찍은 날 § 2020년 2월 12일
초판 1쇄 펴낸 날 § 2020년 2월 19일

지은이 § 홍성은
펴낸이 § 서경석

총괄팀장 § 노종아
편집책임 § 강민구
디자인 § 소소연

펴낸곳 § 도서출판 청어람
등록번호 § 제387-1999-000006호
등록일자 § 1999. 5. 31
어람번호 § 제1-3084호

주소 § 경기도 부천시 부일로 483번길 40 서경B/D 3F (우) 14640
전화 § 032-656-4452 팩스 § 032-656-4453
http://www.chungeoram.com
E-mail § chungeorambook@daum.net

ISBN 979-11-04-92132-2 04810
ISBN 979-11-04-92131-5 (세트)

청어람
도서출판

레전드급 낙오자

1

낙오자

홍성은 장편소설

FUSION FANTASTIC STORY

레전드급
낙오자

목차

Chapter 1

언제부터일까, 세상은 완전히 바뀌었다.

가장 먼저, 사람들의 대량 실종 사태가 연이어 일어났다. 그러나 그것은 변화의 시작에 지나지 않았음을 그때는 몰랐다. 정말로 바뀐 건 대량 실종 사태로 사라졌던 사람들이 다시 돌아왔을 때였다.

돌아온 사람들은 튜토리얼 세계라는 곳에 입장했다가 졸업해 나왔다고 말했으며, 하나같이 대단한 능력을 가지고 돌아왔다. 일반인의 두세 배는 가볍게 뛰어넘는 초월적인 신체 능력, 그리고 물리법칙을 무시하는 '스킬'이란 게 그거였다.

그들은 스스로를 플레이어라고 불렀다. 튜토리얼에 들어가면 레벨과 능력치를 부여받고, 레벨을 올리며 성장하는 게 게임의 플레이어 같아서 그렇다나.

튜토리얼 세계와 플레이어의 존재에 사람들은 혼란스러워하기도 했고 뜻 모를 위기감을 느끼는 이들도 있었다. 하지만 그것도 오래가지는 않았다. 왜냐하면 곧 익숙해지게 됐으니까.

대량 실종 사태는 한 번으로 끝나는 게 아니었다. 여러 번, 그것도 연속해서 일어났다.

다른 사람들이 대량으로 실종되었다가 돌아오고, 또 다른 사람들이 실종되었다 돌아오고……. 그런 일이 반복되면서 세상은 천천히, 하지만 확실하게 바뀌어 나가고 있었다.

나만 빼고.

"젠장! 이번에도 떨어졌어!!"

인터넷에서 1,121차 대량 실종 사태 소식을 접하고, 나는 욕설을 내질렀다.

또 나 아닌 다른 누군가가 기회를 얻었다. 뇌가 뜨끈뜨끈해질 정도로 강렬한 질투심이 곧장 스트레스로 환원되어 내 위장을 자글자글하니 태웠다.

나는 이렇게 열심히 준비하는데 왜 나만 실종되지 않는 거지?

알고 있다. 제정신으로 할 소리는 아니다. 실종, 그러니까 튜토리얼 세계로의 입장이 좋은 일인 것만은 아니다. 그 세계로

갔다가 다시는 돌아오지 못하는 사람들의 이야기도 들었다.

그러나 이게 내게 남은 마지막 동아줄이라면? 이미 말아먹어 버리고 만 내 인생을 역전시켜 줄 유일한 티켓이라면?

나는 이미 그렇게 결론을 내리고 할 수 있는 모든 것을 다 했다. 그것은 바로 튜토리얼 세계에 대한 공부였다.

그냥 인터넷을 검색해서 얻을 수 있는 정보에만 기댄 것이 아니라 튜토리얼 경험자인 플레이어의 강연도 다니고 유료 멤버십에도 가입했다. 플레이어즈 스터디라는 모임에 가입해 다 같이 생존 훈련도 했다.

이것 때문에 빚도 졌다. 이미 막장이라고 생각했던 내 인생에 빚까지 얹어지면서, 나는 변명의 여지 없는 진짜 이 사회의 낙오자가 되고 말았다.

내가 너무 섣불렀던 걸까? 플레이어가 너무 많아지는 바람에 희소성을 잃은 하위 플레이어들은 택배 상하차를 하며 돈을 벌고 있다는 뉴스도 떴다. 덕분에 인터넷쇼핑몰에서는 배송료 무료 이벤트가 연일 이어지고 있다고도.

소비자 입장에선 좋을 일이지만, 반대로 생각하면 택배 상하차를 하는 플레이어 몸값이 얼마나 싸면 배송비 무료화 이벤트까지 할까? 플레이어 지망인 내 입장에선 철렁한 일이다. 설령 플레이어가 되더라도 저 꼴이 되지 말란 법도 없는데…….

아니, 나는 저런 밑바닥 플레이어가 되지는 않을 것이다. 왜냐하면 이렇게 열심히 공부를 했으니까. 운동도 열심히 했고, 생존 훈련도 받았으니까.

그렇게 스스로를 위로했지만 불안해지는 건 어쩔 수 없는 일이다. 그렇다. 실종당한다고 거기서 고생 끝, 성공 시작이 아니다. 오히려 고생문이 열리는 것으로 봐야 한다.

튜토리얼 세계 내부에서도 플레이어들끼리 경쟁해야 한다. 그 경쟁은 노력과 능력만으로 이뤄지지도 않는다. 오히려 행운이 더 많은 것을 가른다고 봐야 한다고 들었다.

코웃음 나오는 이야기다. 그게 지금의 현실이랑 뭐가 다른데? 운 좋게 금수저 물고 나온 새끼들과 나처럼 운 나쁘게 고아로 태어나 의무교육만 간신히 마친 놈은 인생의 스타트라인부터가 다르다.

다시 한번 주사위를 굴릴 수 있다면 굴리는 게 낫지.

그것이 내가 튜토리얼 세계로의 입장을 간절히 바라는 이유이기도 했다.

비플레이어들, 그러니까 일반인들로 이뤄진 기존의 기득권 세력은 플레이어들을 열심히 폄하하고 있지만 성공한 플레이어들이 빛나는 인생을 살아가는 것을 부정할 수는 없다.

세세 각국은 상위 플레이어들을 유치하기 위해 온갖 노력을 다한다. 기득권 세력이라 할 수 있는 대기업이나 재단, 하다못해 종교법인도 그런다. 그들의 폄하가 프로파간다에 지나지 않는다는 명확한 증거다.

현대사회에 있어 개인의 '전투력'이란 게 얼마나 도움이 되냐 싶겠지만 일단 강하기만 하면 손을 벌리는 곳은 많았다.

그래, 플레이어가 되기만 하면 인생 역전은 확실하다.

"이 정도 빚 따위, 플레이어로 성공하고 나면 아무것도 아니야."

기회만 주어지면 얼마든지 잘할 자신이 있다.

문제는 튜토리얼 세계에 입장조차 못 했다는 것.

오로지 그것 하나뿐이었다.

"후……."

긴 한숨으로 답답한 현실의 압력을 밀어내려 시도하며, 오늘도 나는 생존용품이 가득 든 배낭을 짊어진 채 침낭 안으로 기어 들어가 잠을 청했다.

집 안에서 이게 뭐 하는 짓이냐는 생각이 든 적도 있지만 그것도 옛날 일이다. 자주 하다 보면 다 익숙해지기 마련이다. 더욱이 난방비도 덜 들고 딱 좋다.

스트레스성 위염의 고통이 잦아들고, 나는 정신을 잃듯 잠에 빠져들었다.

그날이 바로 내가 '실종'된 날이었다.

*   *   *

그렇게 내가 튜토리얼 세계로 '실종'당한 그날로부터 수백 년이 지났다.

1년도 10년도 100년도 아닌 수백 년. 중간에 세월을 헤아리다 지쳐 언제부턴가 아예 신경 쓰지 않게 됐지만, 내가 튜토리얼 세계에 온 지 몇 백 년이 훌쩍 지났다는 것 하나만큼은 확실했다.

아무리 그래도 천 년은 안 채우겠지.

그럴 것이다.

…아마.

나는 왼쪽 눈을 두 번 깜박여 상태창을 열었다.

이름: 이진혁
레벨: 99(경험치 99.8%)

이것이 상태창이다. 지금은 간략화한 상태다. 너무 자세한 정보는 머리를 복잡하게 하니까. 원한다면 끌 수 있고, 나도 평소엔 끄고 다닌다.

튜토리얼 세계에 들어오기 전에는 그렇게도 원했던 상태창의 모습에 이제는 신물이 난다.

특히 레벨을 가리키는 숫자 두 개가.

내 레벨은 99레벨. 지난달에도 99레벨이었고 작년에도 99레벨이었다. 10년 전에도 99레벨이었다. 지겨울 만도 하지 않은가?

하지만 아마도 이것도 오늘까지다.

"한 마리만 더 잡으면 되는군."

경험치 상황을 확인한 나는 익숙하게 혼잣말을 하고, 오른쪽 눈을 두 번 깜박여 상태창을 껐다.

"한 마리만 더 잡고 나가야지."

혼잣말이 늘어난 건 혼자 생활한 세월이 너무 길기 때문이다. 아무 말도 안 하고 있으면 말하는 법을 잊어버릴 것 같아서, 의식적으로 혼잣말을 많이 하고 있다.

쿠오오오오―

내가 지금 서 있는 절벽의 아래, 끔찍한 울부짖음이 들렸다. 이 튜토리얼 세계에서 가장 강력한 괴수인 블랙 드래곤이 다시 등장한 것이다.

"그럼 가볼까."

나는 절벽 아래로 몸을 던졌다. 순간적으로 느껴지는 부유감. 그러나 뺨을 스치는 바람은 내 몸이 자유낙하 중이라는 것을 직관적으로 알려주고 있다.

손에 든 대검을 꽉 쥐고, 스킬을 발동시킨다.

[강타 Smash]

―등급: 일반(Common)

―숙련도: S랭크

―효과: 다음 공격의 근력 보정 500% 추가

튜토리얼 세계에서 익힐 수 있는 스킬 중 가장 강력한 파괴력을 자랑하는 [강타]의 효과가 내 몸에 아로새겨졌다. 원래대로라면 튜토리얼에선 A랭크까지가 한계지만, 나는 모종의 방법으로 S랭크에 도달했고 그래서 A랭크 강타의 몇 배나 더 되는 파괴력을 행사할 수 있다.

그러나 이 스킬의 힘만으로 블랙 드래곤을 죽일 수는 없다. 그래 봐야 고작 일반 스킬이니까. 뭐, 튜토리얼에서 일반 스킬을 넘어가는 등급의 스킬을 얻는 건 보통 불가능하다.

블랙 드래곤을 죽이기 위해서는 S랭크 강타 외에 두 가지 요소가 더 필요하다.

하나는 이미 충족되었다.

내가 서 있던 절벽의 위치에너지를 자유낙하로 더해주는 것.

다른 하나는 블랙 드래곤의 약점인 '역린'에 검을 찔러 넣는 것!

푸우욱.

손에서 느껴지는 감각만으로, 나는 제대로 일격을 꽂아 넣었음을 직감했다.

─기습!
─배후 공격!

―치명타!

줄줄이 떠오르는 시스템의 메시지가 내 판단을 뒷받침해 주었다. 나는 블랙 드래곤의 역린에 찔러 넣은 검에서 손을 떼고 인벤토리에서 새로운 검을 꺼내 들었다.

[녹슨 대검]
　―분류: 무기
　―등급: 고물(Junk)
　―내구도: 2/10
　―옵션: 공격력 +7(−2)
　―설명: 칼 모양의 쇳덩어리. 잘 관리되지 않아 녹이 슬었다.

방금 전에 버린 검과 똑같은 검이 인벤토리에서 빠져나와 내 손에 잡혔다. 그리고 그와 동시에 차킹! 하는 효과음이 들렸다. 스킬 강타의 쿨타임이 끝나 재장전되는 소리다.
　역린을 찔러 고통스러움에 발버둥 치는 블랙 드래곤의 목을 노리고, 나는 [도약]했다.

[도약 Jump]
　―등급: 일반(Common)
　―숙련도: S랭크

─효과: 높이 뛰어오른다. 민첩이 높을수록 비거리가 늘어난다.

　평범한 튜토리얼 플레이어라면 스킬 포인트가 아까워 F랭크만 찍고 넘어갈 스킬이지만 나는 S랭크까지 찍었다. S랭크까지 찍어야 드래곤의 목을 베어낼 높이가 나오기 때문이었다.

　도약의 효과에 의해 내 몸이 치솟았고, 나는 5층짜리 건물만 한 블랙 드래곤의 목 부분까지 뛰어오를 수 있게 되었다.

　"야아아아아압!"

　이미 기습은 했기에 더 이상 기합 소릴 일부러 죽일 필요도 사라졌다. 전력을 다해 대검을 휘두를 뿐!

　퍼억!

　녹슨 대검이 드래곤의 목 줄기에 파고들어 박혔다.

　"끼에에에에엑!!"

　블랙 드래곤이 끔찍하게 비명을 내질렀다. 드래곤의 울부짖음에는 드래곤 피어가 담겨 있어 듣는 자로 하여금 근원적인 공포에 사로잡히도록 하지만, 내겐 통하지 않는다.

　왜냐하면 내가 레벨이 더 높으니까.

　나는 재빨리 대검을 손에서 놓아버리고 다음 녹슨 대검을 꺼냈다.

　[강타]

정확히 똑같은 자리에 스킬까지 담은 일격이 꽂혔다. 정을 망치로 내려친 것과 마찬가지의 효과! 쩌저적! 그 덕에 드래곤의 목이 드디어 잘렸다.

"휴!"

나는 짧게 안도의 한숨을 내쉬었다. 브레스 페이즈로 넘어가기 전에 목을 잘라낼 수 있었던 게 다행이었다. 이번에 못 잘랐으면 착지한 후에 브레스를 피하거나 막아야 했으니까. 그다음에는 블랙 드래곤이 날아다니기 시작해서 공략이 골치 아파진다.

시간 낭비도 시간 낭비지만, 일단 브레스에 맞기가 싫었다.

아프니까.

"그럼 끝을 내볼까?"

블랙 드래곤은 파충류라 그런지 목이 잘려도 바로 죽지는 않는다. 잘려 나간 목에 달린 블랙 드래곤의 눈이 나를 주시하고 있었다. 드래곤의 시선 자체가 슬로우 효과를 유발하는 저주를 담고 있지만, 내겐 아무런 효과를 발휘하지 못한다.

레벨이 깡패다.

만약 저주에 걸렸더라면 블랙 드래곤 본체의 공격을 피하지 못하고 몸으로 받아내야 했을 거다. 실제로 몇 번 경험해 본 사태지만 이젠 모두 과거의 일일 뿐이다.

나는 블랙 드래곤의 머리를 향해 저벅저벅 걸어가, 녹슨 대검을 내리쳤다.

강타까지 쓸 필요도 없었다. 블랙 드래곤은 죽어가고 있었고, 실피만이 남은 상태였으니까.

퍼억.

경험치가 들어오며, 블랙 드래곤이 완전히 죽었음을 알려주었다.

―레벨 업!

그리고 설탕보다도, 꿀보다도 달콤한 시스템 알림음이 들려왔다.

"아자아아아앗!"

환희의 포효가 내 입에서 자동으로 터져 나왔다.

*　　　　*　　　　*

드래곤을 간단히 잡은 것 같지만, 이것도 다년간의 경험이 축적된 결과물이다.

나도 처음부터 이렇게 블랙 드래곤을 쉽게 토막 내지는 못했다. 애초에 역린의 위치를 찾는 데만 몇 년을 허비했을 정도니까. 혼자서 어떻게든 해보려고 발버둥을 쳤기에 지금의 이 결과를 얻어낼 수 있었다.

그렇다. 혼자서.

동료들과 함께 블랙 드래곤 토벌에 임했다면 더 쉽고 편하게 성공했을 수도 있을 것이다. 그럼에도 내가 혼자서 블랙 드래곤한테 도전한 데에는 굉장히 현실적이고 도저히 극복할 수 없을 만한 이유가 있다.

지금 이 튜토리얼 세계에는 나 혼자뿐이다.

다른 플레이어는 없다.

그러니까 나 혼자 어떻게든 블랙 드래곤을 잡아보려고 온몸 비틀기를 할 수밖에 없었다.

원래부터 이랬던 건 아니다. 분명 이 튜토리얼 세계에는 나 외의 다른 플레이어들로 우글거리던 때도 있었다. 그러나 어느 시점을 기점으로 그 많던 플레이어들이 전부 튜토리얼에서 나가 버렸다.

나만 빼고.

"왜지?!"

이유 따위 내가 알 리 없지. 어쨌든 난 남겨졌고, 낙오당했고, 고립되었다. 그 결과만이 남았을 따름이다.

뭐, 지금 중요한 건 그런 게 아니다.

"상태창!"

나는 우렁차게 외쳤다. 왼쪽 눈을 두 번 깜박이는 것만으로도 불러낼 수 있는 상태창이지만, 나는 굳이 소리치는 쪽을 택했다.

블랙 드래곤을 한 번 잡을 때마다 오르는 경험치는 0.2%.

그리고 한번 잡은 블랙 드래곤이 다시 등장하는 데 일주일씩 걸린다. 다른 적들은 레벨 차이가 너무 나서 경험치가 아예 들어오지 않는 수준이라, 블랙 드래곤만으로 경험치를 채워야 했다.

결과부터 말하자면 근 10년 만의 레벨 업이다.

이럴 때 정도는 큰소리를 칠 만도 하지 않은가?

이름: 이진혁
레벨: 00(경험치 00.0%)

그런데 내 외침에 반응해 나타난 상태창의 상태가 이상했다.

뭐야, 이거? 99레벨에서 레벨 업을 했는데, 어째서 00레벨로 표기된 거지?

나는 당황해서 왼쪽 눈을 두 번 깜박였다. 그러자 간략화되었던 상태창이 자세한 정보를 불러내 왔다.

이름: 이진혁
레벨: 00(경험치 00.0%)
종족: 인간
직업: 무직
능력치

—근력: 99+

—강건: 99+

—민첩: 99+

—솜씨: 99+

—직감: 99+

소지 스킬:

—[강타] S랭크, [도약] S랭크, [질주] S랭크, [투척] S랭크, [휴식] S랭크, [캠프파이어] S랭크, [응급치료] S랭크.

잔여 미배분 능력치: 0

잔여 스킬 포인트: 999+

아, 능력치랑 스킬은 그대로군. 능력치가 전부 99+인 건 신경 쓸 필요 없다. 99를 넘은 시점에서 표기가 저렇게 고정되어 버렸으니까. 잔여 스킬 포인트도 마찬가지.

그래서 나는 레벨 업을 하고 나면 내 레벨 표기도 99+나 100이 될 거라고 예상했었다. 그런데 뜬금없이 00레벨이라니.

오버플로우라도 된 건가?

오버플로우. 고전 게임에서 자주 보이던 증상, 혹은 버그다. 설정된 최댓값을 상회하면 0이나 심하면 —값으로 표기하게 되는. 내 레벨의 경우는 0으로 돌아오는 방식의 버그가 난 모양이었다.

능력치와 스킬은 그대로고 레벨만 오버플로우 된 거면 상관

없지.

0레벨도 됐겠다, 혹시 레벨 업이 될지 싶어서 일주일 더 기다려 블랙 드래곤을 한 번 더 잡아봤지만 역시나 예상했던 대로 레벨은 오르지 않았다. 몇 가지 시도를 해봤지만 경험치는 전혀 쌓이지 않았다. 단 1도. 0.01퍼가 아니라 1. 숫자 1이다.

그러고 보니 처음 튜토리얼을 시작할 때 시작 레벨은 1이지 0이 아니다.

내 경우는 그냥 0레벨도 아니고 00레벨이고.

하긴 블랙 드래곤도 잡으라고 만들어둔 몹이 아니었지.

블랙 드래곤은 잡아도 아무것도 얻을 수 없다. 생긴 건 정말 전형적인 드래곤이라 엄청나게 많은 금과 보석, 그리고 전설적인 무구를 줘도 이상하지 않은데.

어쩌면 튜토리얼의 제작자는 블랙 드래곤이 잡히는 상황 자체를 아예 고려하지 않았을 가능성이 높았다. 그렇게 생각해보면 경험치라도 줘서 다행이다 싶지.

어쨌든 이 이상 레벨 업을 하지 못한다면 튜토리얼 세계에 남아 있을 이유가 없다.

그러니 나는 당초 계획대로 행동하기로 했다.

튜토리얼 세계를 마음대로 드나들 수 있었더라면 내가 00레벨을 찍는 일도 없었을 것이다.

여기 눌러앉아 있으면서 달리 할 일이 없어서 시작한 게 레벨 업이었으니까.

바꿔 말하면, 나갈 수 있었다면 진작 나갔을 터였다. 솔직히 말해 튜토리얼 세계는 별로 살기 좋은 곳도 아닐뿐더러, 오래 머문다고 득 볼 것도 없는 곳이니까.

진작 나갔어야 했지…… 원래는.

튜토리얼 세계와 바깥세상은 완전히 단절된 것처럼 보이지만, 사실은 출입구가 존재한다. 지금 내 눈앞에 서 있는 [힘 100의 문]이 바로 그것이다. 다섯 기본 능력치 중 하나를 100 이상으로 올리면 이 문을 열고 바깥으로 나갈 수 있게 되는, 일종의 비상 탈출구이다.

이 문은 평범한 튜토리얼 플레이어가 사용하라고 존재하는 것은 아니다. 40레벨 이상으로는 레벨을 올릴 수 없는 튜토리얼 세계에서는 능력치를 100 이상 올리는 일은 불가능에 가까우니까.

사실상 저 문의 존재 이유는 그냥 제작자의 악취미이다. 플레이어에게 헛된 희망을 주고 농락하기 위한.

하지만 나는 조건을 채우는 것이 가능했다.

이름: 이진혁

고유 특성: [한계돌파]

─희귀도: 고유(Unique)

─등급: 등급 외

─설명: 한계를 넘어서 성장할 수 있다.

이 특성 덕에 40레벨이라는 한계를 초월해 00레벨까지 성장했으니까.

처음 튜토리얼 세계로 들어와 상태창을 부여받고 그 내용을 확인했을 때, 나는 내가 흔히 말하는 축캐인 줄 알았다. 축복받은 캐릭터. 고유 특성으로 딱 봐도 뭔가 대단해 보이는 걸 얻었으니 그렇게 생각하는 것도 무리는 아니었다.

그러나 실제로 이 세계에서 뒹굴어본 결과 내 고유 특성이 별로 좋은 게 아니라는 걸 몸으로 느끼게 되었다. 튜토리얼은 빨리 깨고 나가는 게 장땡이고, 그러려면 지금 당장 도움이 되는 특성이 더 좋다는 걸 깨닫기까지는 그리 오랜 시간이 걸리지 않았다.

그것도 낙오당하기 전까지의 이야기.

지금은 어떻게 생각하냐고?

다행이지.

여전히 좋다고는 생각하지는 않는다. 그래도 이 특성이 없었으면 레벨 제한을 뛰어넘어 성장해 모든 능력치를 99+로 올리는 건 불가능했을 테니, 말 그대로 '다행'인 셈이다.

"자, 그럼 나가볼까?"

입으로는 호기롭게 그런 말을 뱉었지만, 긴장으로 인해 침이 바짝바짝 말랐다.

막상 능력치 하나를 99+ 찍어놓고도 바로 나가지 않은 데는 이유가 있었다. 변명이라고 해도 좋다. 굳이 00레벨을 찍을 때까지 나가는 걸 뒤로 미룬 건, 어떤 불길한 상상 때문이었다.

튜토리얼의 주인은 왜 갑자기 튜토리얼 세계를 폐쇄하고 모든 플레이어를 내보낸 걸까? 그것도 나만 빼고.

나는 이 질문에 대한 정답을 모른다. 하지만 가설은 세울 수 있다. 그리고 그렇게 세워진 가설 중에 희망적인 건 별로 없었다.

튜토리얼을 졸업한 플레이어는 강력한 존재이다. 보통 사람의 몇 배나 되는 신체 능력을 발휘할 수 있는 데다, 전직을 통해 본격적으로 성장하게 되면 더욱 큰 힘을 손에 넣을 수 있는 잠재력마저 갖췄다.

이 잠재력과 가능성을 포기하고 덜 성장한 플레이어마저 억지로 동원해야 하는 사태라. 아무리 긍정적으로 생각해도 바깥세상은 태평성대를 누리고 있을 거란 이미지는 쉽게 떠오르지 않았다.

그래서 나는 최대한 강해진 뒤에 여기서 나가기로 결정했다.

바깥에 무슨 일이 생겼는지는 몰라도, 최악의 경우에 대처하려면 조금이라도 더 강한 편이 낫다고 판단했기에 내린 결정이었다. 튜토리얼에서 얻을 수 있는 힘이라곤 레벨과 보잘 것없는 스킬들뿐이지만, 뭐라도 없는 것보다는 좋을 테니까.

그렇게 나는 00레벨에 도달했다. 내 특성인 [한계돌파]로도 깨지지 않는 성장 한계를 맞이했다. 그렇다면 더 결단을 뒤로 미룰 필요가 없다. 지금이 바로 결단을 내릴 때다.

"에잇!"

나는 [힘 100의 문]에 손을 내밀었다. 쪼렙 시절엔 아무리 두들겨도 굳건히 닫혀 있던, 통곡의 벽과 같던 문은 거짓말처럼 스르륵 소리도 없이 열렸다.

빛이 내 시야를 감쌌다.

*　　　*　　　*

문을 빠져나오자, 그곳은 황무지였다.

딱 보기에도 척박한 돌과 바위의 왕국. 바위 틈새로 억척스럽게 자라난 말라비틀어진 덩굴들을 제외하곤 살아 있는 것을 찾아볼 수 없었다.

"…뭐야, 여긴?"

나는 오래전의 기억을 뒤져, 지구의 플레이어들이 튜토리얼을 졸업했을 때 어디로 나왔는지에 대해 떠올리려고 노력했다.

"보통 자기가 '실종'된 곳에 다시 나타난다고 했었지."

그리고 나는 서울의 내 작은 반지하 자취방에서 '실종'됐었다.

그런데 여긴 뭐지? 서울도 아니고, 도시도 아니고, 한국조차 아니어 보였다.

"잠깐만. 이건 아니지."

뒤를 돌아보니 [힘 100의 문]은 이미 사라져 있었다. 바위

사막의 메마른 바람만이 휘몰아치고 있을 따름이었다.

이로써 되돌아가는 것도 불가능해졌다.

"…내가 생각한 거랑 다른데."

파도처럼 덮쳐오는 당혹감에 뒷머리를 긁으며, 나는 그 자리에 주저앉았다.

그리고 어떤 벼락같은 깨달음이 날 덮쳤다.

"혹시……. 지구 망한 거 아냐?"

그렇게 혼잣말을 하자마자, '아, 그럴 수도 있겠네. 그랬겠다'라고 납득해 버렸다.

내가 튜토리얼 세계에 머문 것도 수백 년이 지났다. 행성이 하나 멸망하기에 충분한 시간은 아니지만, 문명이 하나 멸망하기엔 차고 넘치는 시간이지. 게다가 내가 튜토리얼에 혼자 남겨지게 된 사건을 떠올려 보면, 어떤 커다란 위기가 찾아왔으리란 건 어찌 보면 빤하다.

"그렇구나. 지구 망했구나."

생각 외로 별생각이 들진 않았다. 어떤 의미로는 이미 각오를 하기도 했고, 더욱이 어차피 지구에 남겨둔 인연은 없다.

제일 먼저 떠오르는 인간 얼굴이 빚쟁이니 말 다 했지.

하지만 곤란한걸.

"개미 새끼 한 마리 없네……."

딱 봐도 사람이 살기에 그리 좋아 보이는 환경은 아니다. 먹을 것은커녕 물조차 구하기 힘들어 보인다. 이 정도면 생존이 곤란한 수준이다.

생존 문제를 떠올리자마자, 나는 급히 인벤토리를 열어보았다.

인벤토리를 여는 법은 간단하다. 주머니에 손을 넣거나, 손으로 허벅지를 두 번 두들기면 된다. 아니면 '인벤토리!'라고 크게 외치든가.

다행히 주머니에 손을 넣는 것만으로도 인벤토리는 제대로 열렸다. 어쩌면 시스템 자체가 망가져 인벤토리고 뭐고 다 날아가 버렸을 수도 있다는 최악의 가설은 일단 접어도 될 것 같았다.

서둘러 인벤토리를 확인해 보니, 먹을 것이 꽉꽉 차 있긴 했다. 물을 채운 가죽 물통과 딱딱해진 빵이 겹쳐 넣을 수 있는 한계치인 99개씩, 인벤토리 기준 2칸을 차지하고 있었다.

그뿐만이 아니라 다른 것들도 제대로 다 남아 있다. 녹슨 대검과 헌 장갑, 바래진 천 옷, 헤진 가죽 부츠 등 여분 장비들도 정상적으로 인벤토리에 남아 있었다.

더러운 붕대, 튼튼한 가죽 끈, 거친 천 조각, 질 나쁜 기름, 투척용 작은 돌멩이 등의 소모품도 그렇고 조잡한 만능 도구 세트와 구부러진 바늘, 변색된 실, 거친 숫돌, 길이 잘 든 로프 등의 잡동사니도 건재했다.

튜토리얼 세계에서 나올 때 이런 평범한 아이템들은 가지고 나올 수 있다고 하기에 힘 100의 문을 열기 전에 최대한 끌어 모아둔 것들이었다. 사실 기본적인 현대사회만 유지되었어도 별 필요 없는 전근대적인 결함품들뿐이지만 혹시 몰라 챙겨둔 것들.

"이런 게 쓸모 있길 바라지는 않았는데……."

만약의 경우에 대비한 내 판단은 틀리지 않은 모양이다. 솔직히 틀리길 바랐건만.

생각난 김에 인벤토리를 정리하고 있다가, 구석에 던져둔 특이한 아이템이 눈에 띄었다. 나는 그 아이템의 아이콘을 끌어다 놓고 아이템 설명을 확인했다.

[???]
─등급: 고유(Unique)
─기능: 잠겨 있음.
─설명: 플레이어 이진혁의 고유 퀘스트 달성 보상품. 해당 플레이어의 세계관을 반영한 외견을 취하고 있으나, 본질은 전혀 다르다.
─튜토리얼 월드에서는 사용 불가능.
─거래, 폐기 불가능.

*   *   *

"아, 이 아이템."

솔직히 오랫동안 인벤토리에 처박아두기만 한 터라 거의 까먹고 있었다.

"그랬었지."

내가 튜토리얼 세계에서 혼자 낙오한 것도 이 아이템 때문이다. 정확히는 이 아이템을 보상으로 한 퀘스트가 문제였다.

고유 퀘스트.

튜토리얼 플레이어가 튜토리얼 세계에 입장하면 각자 고유 퀘스트를 받을 기회가 생긴다. 고유 퀘스트의 내용은 사람마다 다르다. 고유 퀘스트의 보상 또한 각자 다르다. 더 성가신 점은 퀘스트를 해결하기 전까지 보상의 내용이 비공개 상태라는 점이다.

튜토리얼이 운빨이란 건 고유 퀘스트의 영향도 컸다. 좋은 고유 퀘스트를 해결해서 좋은 보상을 받는 것만큼 좋은 일이 없었으니까. 거의 쓰레기 아이템밖에 없는 튜토리얼 세계에서 얻을 수 있는 가장 좋은 보상일 수도 있었다.

문제는 내가 받은 고유 퀘스트의 내용이었다.

—튜토리얼에서 레벨 40에 도달하라!

튜토리얼에서의 만렙을 찍으라는 정신 나간 퀘스트였다.

20레벨을 찍기 전에 졸업하는 게 일반적이고, 한국인 중에는 3레벨만 찍고 튜토리얼을 졸업하는 미친놈도 있는 판국에 40레벨을 찍으라니.

나도 10레벨 미만 졸업을 목표로 삼았다. 당시엔 빨리 졸업하는 게 능사였으니.

하지만 이 고유 퀘스트가 내 발목을 잡았다. 이상한 승부욕이 발동한 탓이었다.

알다시피 나는 00레벨에 도달한 몸이다. 40레벨이야 옛날 옛적에 찍었다.

이 아이템은 그 퀘스트의 달성 보상품이었다.

"만렙 찍는 데 정신 팔렸다가 낙오당했다고 말하면……. 안 비웃을 사람이 없겠지?"

그 개고생을 하고서 받은 아이템이 이름도 밝혀지지 않았고, 튜토리얼 세계에서는 하등의 쓸모도 없고, 거래 불가에 폐기 불가까지 걸린, 사실상 저주 아이템이나 다름없었던 물건이라니. 당시엔 분노해서 이 아이템을 어떻게든 부숴보려고 별 짓을 다 했었다.

블랙 드래곤에게 처음 간 것도 그때였다. 드래곤 입에다 처넣으면 부서질 것 같았거든.

하지만 보다시피 멀쩡하다. 결국 난 이 아이템을 그냥 인벤토리 한구석에 방치하고 잊어버리는 걸 택했다. 그리고 수백 년이 지났다. 정말로 이 아이템의 존재조차 까먹고 있었으니, 내 발상은 성공적이었던 셈이 된다.

그리고 이 아이템이 지금 발굴된 것이다.

"그러고 보니 나 튜토리얼 세계에서 빠져나왔잖아?"

튜토리얼 세계에서는 사용 불가능이라는 말은 다시 말해 밖에서는 사용이 가능해진다는 의미도 된다. 그렇다면 이 정체불명의 아이템도 이제 쓸모가 좀 생겼을까 싶어, 나는 아이템을 인벤토리에서 꺼내 들었다.

아이템의 외견은 간단히 말해 스마트폰 그 자체였다. 얇은 플라스틱 판때기에 전면에 시커먼 터치스크린이 떡하니 박혀 있는 꽤 오소독스한 디자인의.

이게 아이템 설명에 기록된 '내 세계관'을 반영한 결과물인 모양이었다. 21세기 한국인으로서 지닌 평범한 세계관 말이다. 하긴 튜토리얼 세계에 납치당하기 전에는 스마트폰을 몸에서 떼놓고 다닌 일이 드물었으니⋯⋯. 이 아이템도 비슷한 성격의 물건이리라.

"뭐, 모양만 스마트폰이고 전원조차 들어오지 않는 고물에 불과하지만⋯⋯."

진짜 스마트폰이면 좋겠다, 라고 끝까지 말하기도 전에⋯⋯.

띠링.

경쾌한 효과음과 함께 스마트폰에 전원이 들어왔다.

"오?"

역시 튜토리얼 세계에서 빠져나왔으니 이 빛만 좋았던 개살구도 드디어 살구가 되는 건가? 그런 생각으로 지켜보고 있으려니, 스마트폰의 설명이 변화했다.

[레벨 업 마스터]

─등급: 고유(Unique)

─기능: 일부 열림.

─설명: 플레이어 이진혁의 고유 퀘스트 달성 보상품. 해당 플레이어의 세계관을 반영한 외견을 취하고 있으나, 본질은 전혀 다르다.

─거래/폐기 불가능.

물음표로 표시되어 있던 아이템 명칭이 나타났고, 잠겨 있던 기능이 일부 열렸으며, 튜토리얼에서는 사용이 불가능하다는 설명도 사라졌다. 그리고 화면에는 유려한 글자로, 한글로 '레벨 업 마스터! ─진행하려면 터치하십시오'라는 문구가 떠 있었다.

"레벨 업……. 마스터?"

내가 지금 만렙인데 무슨 레벨 업을 마스터한다는 거지? 애초에 이 아이템 자체가 만렙 보상인데 레벨 업 마스터? 장난 하나? 가슴속에서 울컥하는 감정이 솟아올랐지만, 나는 한숨을 한 번 내쉬어 끓어오르는 마음을 진정시켰다.

"화내봐야 나만 손해지."

어쨌든 나는 터치를 기다리는 스마트폰의 화면에 손을 댔다. 그러자 우렁찬 효과음과 함께 화면이 넘어갔다.

"…이거 볼륨 못 줄이나?"

스마트폰처럼 보이지만 진짜 스마트폰인 건 아니라서, 이 물건엔 전원 버튼도 볼륨 조절 버튼도 달려 있지 않았다. 내가 볼륨 버튼이 없나 옆면을 만져보는 동안 바뀐 화면에선 정장을 입은 볼륨 있는 몸매의, 하지만 얼굴은 동안인 여자가 나와서 발랄한 목소리로 말했다.

—안녕하세요, 플레이어님! 저는 플레이어님의 성장을 도와드릴 레벨 업 프로듀서, 크리스티나라고 해요!!

뭐지? 이건. 레벨 업? 프로듀서? 무슨 소린지 하나도 모르겠군.

아무래도 프로그램인 것 같은데. 아니, 휴대폰이니 애플리케이션인가? 나는 수백 년 만에 떠올린 단어가 영 익숙하질 않아 고개를 갸웃거렸다.

화면의 크리스티나는 그 큰 눈을 깜박깜박거리며 내 눈치를 보는 것처럼 보였다. 꽤 잘 만들어졌군. 마치 살아 있는 것 같다. 꽤 미인이기도 하고. 금발에 푸른 눈도 인상적이고 가슴도 크다. 나도 남자인지라 미녀에게 약하다.

화면 안의 미녀긴 하지만 말이다.

"좀 알아듣게 설명해 줬으면 좋겠는데."

미친 짓인 건 알지만, 난 그렇게 크리스티나에게 말을 걸어보았다. 그냥 누구든 좋으니 아무한테나 말을 걸어보고 싶었던 것일 뿐일지도 모른다.

그런데 내 그 혼잣말 아닌 혼잣말에, 크리스티나는 내게 꾸벅 고개를 숙이며 대답했다.

―아, 알겠습니다. 죄송해요.

대답했다고?

"음? 뭐야. 내 목소리가 들리기라도 하는 것 같군."

―물론이죠, 플레이어님!

이어진 내 혼잣말에 크리스티나는 활짝 웃으며 고개를 끄덕였다. 진짜 대화가 통하는 건가? 아니, 아니지. 어쩌면 특정 단어에 반응해서 대답을 출력하는 알고리즘이 짜여 있는지도 모른다.

하긴 뭐 그게 중요한 건 아니지.

"흠, 흠. 그래. 크리스티나. 나는 이진혁이라고 한다."

주변에 아무도 없는 걸 이미 한번 확인했음에도, 나는 다시금 주변을 훑어본 후에나 크리스티나에게 말을 걸었다.

―네, 이진혁 플레이어님! 튜토리얼 졸업 축하드려요!

"그, 그래."

크리스티나는 활짝 웃으면서 내 인사에 대답해 주었다. 튜토리얼을 졸업한 게 아니라 힘 100의 문을 열고 나온 내 입장에선 다소 찔리는 축하 인사였으나, 나는 떨떠름하게나마 인사를 받아냈다.

―플레이어님께서는 특별 등급 이상의 고유 특성을 지니셨고, EX급의 고유 퀘스트를 클리어하신 채로 튜토리얼 졸업에 성공하셨기에 레벨 업 마스터의 이용 권한을 얻게 되셨어요! 정말 축하드립니다!

"어, 뭐?"

잘 모르겠지만 뭔가 대단한 걸 얻은 기분이 든다. 잘 모르겠지만 말이다.

―이제 정식 플레이어가 되신 이진혁 님께 특별 보상을 드렸어요!

"특별 보상?"

의외의 말에 나는 눈을 휘둥그레 떴다. 크리스티나는 내 반응에도 아랑곳 않고 방실방실 웃으며 여전히 발랄한 목소리로 내게 말했다.

―인벤토리를 확인해 보세요!!

나는 반사적으로 인벤토리를 열었다. 그러자 진짜로 못 보던 아이콘이 하나 존재했다. 내가 그 아이콘에 시선을 주자, 바로 아이템 설명이 떴다.

[튜토리얼 졸업 보상]
―이진혁 님의 튜토리얼 졸업을 축하드리며, 레벨 업 프로듀서 크리스티나가 약소하게나마 증정하는 선물입니다!

"…시스템이랑 연동되는 거였어?"

하긴 잘 생각해 보니 그렇게 이상한 일은 아니다. 애초에 이 스마트폰 모양의 아이템을 고유 퀘스트 달성 보상이라고 준 게 시스템이니까.

―열어보세요!

크리스티나의 종용에 못 이기는 척하며, 나는 선물 상자를 인벤토리에서 꺼내 풀어보았다. 그러자 황금빛이 눈앞을 가득 채웠다.

"금화!"

금화 스무 개가 선물 상자 안에서 빛나고 있었다. 금의 가치에 대해 잘 모르긴 하지만, 이 정도면 백만 원쯤은 가볍게 넘길 법해 보였다. 금화 하나당 말이다! 집어서 이빨로 씹어봐야 하나 고민했지만, 그러지 않기로 했다.

[인류연맹 금화]
―인류연맹에서 발행한 금화. 인류 문명이 존재하는 곳이라면 어디서든 통화로 사용 가능한 기준 화폐다. 거래 가능한 대상과 접촉하면 대상이 속한 시장에서의 시세를 알 수 있다.

아이템 설명이 타이밍 좋게 떴기 때문이다.

"그런데…… 인류연맹이라니?"

황금에만 눈이 팔려 있긴 너무 의미심장한 설명이기에, 나는 상자의 뚜껑을 덮으며 스마트폰 쪽에 시선을 주었다.

―인류연맹은 여러 차원의 인류가 모여 만든 연합 동맹체랍니다!

"여러 차원이라고?"

갑자기 스케일이 확 커지는 바람에, 나는 눈을 깜박였다. 물론 한 번만. 두 번 깜박이면 시스템이 반응하니까.

―네! 제가 소속된 단체이기도 하죠. 인류의 행복과 미래를 위해 힘쓰는 단체랍니다!!

"흐응."

나는 금화가 담긴 상자를 인벤토리 안에 밀어 넣었다. 금화가 인벤토리 한 칸을 차지하고, 20이라는 숫자가 새겨졌다. 오른쪽 눈을 깜박여 인벤토리를 꺼버린 후, 나는 크리스티나를 노려보았다.

"나한테 원하는 게 뭐지?"

―그야 플레이어님의 성장이죠!

크리스티나의 목소리는 어디까지나 발랄했다. 질문을 바꿔야겠군.

"날 성장시켜서 어쩔 셈이지?"

―인류의 성장은 각 개인의 성장으로 이뤄지죠. 그러니 플레이어님의 성장을 지원하는 것도 당연하지 않나요?

"그런 것치고는 모든 이들을 성장시키려 드는 건 아닌 것 같은데. 이 레벨 업 마스터만 하더라도 그렇지."

레벨 업 마스터는 특별 등급의 고유 특성에 EX급의 고유 퀘스트를 깬 플레이어에게만 주어진다. 이건 크리스티나가 불과 몇 분 전 입에 올렸던 말이다.

내 의심이 담긴 눈초리를 받으면서도, 크리스티나는 어째선지 만족스러운 듯 웃었다.

　―맞아요. 사실 인류연맹은 이상으로만 돌아가는 곳은 아니랍니다. 이상은 높지만 현실은 시궁창이죠.

　크리스티나는 표정과 목소리를 고쳐, 진지하게 말했다.

　―하지만 이건 확실하게 말씀드릴 수 있어요. 저는 플레이어님의 레벨 업 프로듀서고, 플레이어님의 성장을 돕는 것이 제 역할입니다.

　적어도 성장이 끝날 때까지는 의심할 필요가 없다는 의미로 한 말이리라.

　하긴 날 도와주겠다는데 굳이 각을 세울 이유도 없다.

　나는 경계를 풀고 말했다.

　"좋아, 그럼 날 도와봐."

　―알겠습니다, 플레이어님. 앞으로 잘 부탁드립니다!

　크리스티나는 밝게 웃었다.

Chapter 2

　크리스티나가 내게 당장 줄 수 있는 도움은 바로 퀘스트를
주는 것이었다.

　―세상에 공짜가 어디 있겠어요?

　"바로 몇 분 전에 공짜로 금화 20개를 받은 것 같은데……."

　―그건 플레이어님께서 튜토리얼을 클리어하신 보상이에
요.

　사실 난 튜토리얼을 클리어한 적이 없다! 라고… 밝힐 생각
따윈 없었기에 나는 그냥 고개를 끄덕이고 말았다.

　―인류연맹 금화는 레벨 업 마스터 내에서도 통용되는 화
폐예요. 플레이어님께서는 레벨 업 마스터 내의 상점 메뉴를

통해 필요하신 걸 구매할 수 있답니다!

"알았어, 그런 방식이로군. 좋아, 상점을 열어봐. 뭘 살 수 있는지 봐야겠어."

—상점 메뉴 오픈에는 금화 25개가 필요하답니다!

알다시피 내가 가진 금화는 20개뿐이다.

"이런 사기꾼!"

—무료로 여는 법도 있어요. 퀘스트 수행을 통해 일정 기여도를 확보하시면 열려요!

그러면서 내게 실제로 퀘스트를 부여해 주었다.

[퀘스트]

—의뢰인: 크리스티나

—종류: 접촉

—난이도: 안전

—임무 내용: 이 지역의 인류 사회를 찾아내 구성원과 접촉하라!

—보상: 금화 10개, 기여도 10

"이 지역? 인류 사회? 구성원? 기여도?"

신경 쓰이는 키워드가 너무 많았다.

"이 지역이 어딘데?"

생각해 보니 이게 제일 먼저 해야 할 질문이었다. 여긴 지구냐? 아니야? 아니라면 어디지?

—그, 글쎄요. 저도 몰라요.

그러나 크리스티나의 답은 나로 하여금 맥이 빠지게 만들었다. 내가 꽤나 실망한 표정을 지은 건지, 크리스티나는 당황하며 외쳤다.

—아, 잠시만요. 너무 실망하지 마세요. 저 정도면 꽤 유능한 프로듀서라고요. 보세요, 이거!

크리스티나는 마치 태블릿 컴퓨터처럼 보이는 작은 판을 내게 들어 보이며 말했다.

—저한테는 기록 검색의 권한이 있다고요.

"그거 대단한 거냐?"

—어느 정도는요.

어느 정도가 어느 정도인데……. 내 심정을 아는지 모르는지, 크리스티나는 의기양양해하며 태블릿 컴퓨터를 조작하기 시작했다.

—잠시만 기다려 보세요. 지금 검색해 볼게요.

"그래, 잘 부탁해."

그런가. 검색 기능이 있나.

그럼 혹시 지구에 대해 물어볼 수도 있지 않을까?

순간적으로 떠오른 생각이지만, 나는 곧 고개를 저었다.

지구는 이미 멸망했다. 나 자신은 이 명제를 어느 정도 납득했지만, 그 사실을 굳이 다른 사람 입에서 듣고 싶지 않다.

여자 친구에게 차였지만 차였단 소릴 다른 사람에게 듣고 싶지는 않은 것과 같은 이치다. 같은 이치인가?

…아니구나.

나는 내 본심을 알아차렸다.

생각보다 별로 궁금하지 않다.

지구에서의 기억은 별로 좋은 게 없다. 지구에서 나는 고아 인 밑바닥 인생이었고, 가족도 친구도 친지도 연인도 없었다. 가장 먼저 떠오른 얼굴이 빚쟁이의 얼굴이니 말 다 했지.

지구에서의 나는 그저 튜토리얼 세계에 들어오려고 애를 썼을 뿐이었다. 당시에는 튜토리얼 세계를 인생 역전을 위한 발판이라고 생각했지만 그렇지 않다. 난 그저 탈출하고 싶었 을 따름이다. 앞뒤 꽉 막혀 도저히 탈출구가 보이지 않는 인 생에서.

그런데 지구가 그리울 리가 있나?

내가 튜토리얼 세계에서 나온 건 지구로 돌아가고 싶어서가 아니었다.

그냥 더 이상 거기서 할 게 없었기 때문이다.

나올 수 있었으면 진작 나왔는데 굳이 99레벨을 찍고도 더 경험치를 쌓아서 00레벨을 만들어 버린 것도 그런 이유였다. 그땐 몰랐는데 나오고 보니 그랬다는 걸 지금에야 자각할 수 있었다.

차라리 여기가 지구가 아니라면 좋겠다.

나는 문득 그런 생각을 떠올렸다.

사실 지구가 망했다는 소릴 듣기 싫은 것도 맞다. 지구는 내게 있어 날 찬 전 여자 친구와 마찬가지인 것도 아주 틀린 비유는 아닌 것 같았다.

내 생각을 아는지 모르는지 한참을 낑낑대며 태블릿 컴퓨터를 붙들고 씨름을 하던 크리스티나는 작은 한숨을 한 번 폭 내쉬고는 내 눈치를 보더니 조심조심 말했다.

―…탐색이 필요한 지역이라고만 뜨는데요.

"…그러니."

탐색이 필요한 지역이라. 그럼 역시 여기가 지구가 아니란 뜻이겠지?

왠지 모르게 그런 생각이 들었다.

차라리 잘됐군.

만약 크리스티나가 여기가 지구라고 말했다면, 이 완전무결하게 문명의 흔적조차 보이지 않은 황무지가 지구라고 말했다면 지구가 멸망했다는 게 더없이 확실해진 거니 말이다.

그렇다면 지구가 망하지 않았을 수도 있겠지만, 나는 이미 크리스티나에게든 누구에게든 지구에 대해 물어보지 않기로 마음을 굳힌 상태였다.

술에 취한 것도 아닌데 왜 굳이 헤어진 전 여친의 SNS를 뒤지겠는가? 제정신으로 할 짓은 아니다. 정확한 비유인지는 모르겠지만, 아무튼 그런 느낌이다. 설령 아니더라도 그런 거라고 쳐두자.

　—아, 맞다. 이, 이거라도 받아주세요.

　고민이 길어진 탓에 침묵 중이었던 내 눈치를 보던 크리스티나는 또 뭔가를 조작하더니, 내 시스템창에 퀘스트를 하나 띄웠다.

[퀘스트]

　—의뢰인: 크리스티나

　—종류: 탐색

　—난이도: 안전

　—임무 내용: 이 지역을 탐색해 지도를 만들어라!

　—보상: 금화 1~50개, 기여도 1~50

　—미탐색 지역은 탐색하는 것만으로도 퀘스트 보상을 받으실 수 있어요. 저, 이런 걸로 위안이 되지는 않겠지만…….

　"아냐, 고마워."

　나는 속마음을 숨기고 크리스티나에게 대답했다.

　"그런데 여기가 어딘지 모른다면 이 지역의 인류 사회란 게 뭔지에 대해서도 모르겠군."

　—네. 헤헤.

　대답하면서도 크리스티나는 멋쩍은 듯 웃었다.

　"퀘스트 의뢰인이라는 존재가 퀘스트 내용에 대해서도 모르다니 이게 말이 되나?"

─그러니까 보상이 나오고 기여도가 주어지는 거겠죠?

아까 전까지 미안해하던 모습은 어딜 갔는지, 크리스티나는 순식간에 뻔뻔해졌다.

"기여도는 또 뭔데?"

─기여도는……. 기여도예요!

얼버무리려는 노력이 부족하다! 뭐 정황상 인류연맹이라는 단체에 대한 기여도겠지.

퀘스트 의뢰인은 크리스티나로 되어 있지만, 실제로는 인류연맹일 것이다.

이 '등록되지 않은 지역'의 조사와 원주민과의 접촉도 인류연맹이 필요로 하는 정보일 테고, 그에 따른 보상으로 금화를 지불하는 거겠지. 그렇게 생각하면 앞뒤가 맞다.

"어쨌든 퀘스트는 수행하라 이거군."

─힘내세요! 파이팅!

하긴 이 정도로 뻔뻔한 편이 나로서도 대하기 편하다.

더 캐묻는다고 쓸 만한 정보가 나올 것 같지는 않았다. 어차피 주변을 탐색해 보기는 할 생각이었기에, 나는 겸사겸사해서 움직여 보기로 결정했다.

그 전에 이 도움 안 되는 스마트폰은 인벤토리에 집어넣고 말이다.

*   *   *

[질주]

―등급: 일반(Common)

―숙련도: S랭크

―효과: 평소보다 빠른 속도로 이동한다. 질주 사용 중에는 체력 소모가 많아진다.

질주를 쓰니 풍경이 휙휙 스쳐 지나간다. 질주도 익숙하게 쓴 스킬이었으나, 풍경이 달라지니 뭔가 새로운 기분이 들었다.

그 달라진 풍경이라는 게 뭐 하나 딱히 볼 게 없는 황무지만 아니었다면 더 좋았을 텐데.

[도약]

황무지는 그냥 평야가 아니라 바위 언덕과 산, 절벽 등이 시야를 막고 있었다. 그래도 작은 아파트 크기의 바위 언덕 정도는 도약 스킬로 넘어갈 수 있으니 다행이지만…….

"휴우."

바위 언덕에 올라온 건 당연히 시야 확보를 위해서였다. 잠시 멈춰서 주위를 둘러보자, 시스템에서 반응이 왔다.

—주변 지역의 지도가 작성되었습니다.

　—탐색 퀘스트의 중간 보상이 지급되었습니다.

　—기여도 1, 금화 1

　내가 직접 지도를 작성할 필요가 없는 건 다행이었다. 튜토리얼 세계에 끌려오기 전에 독도법 따윌 배워둔 것도 아니고, 독도법 스킬을 얻은 것도 아니었으니.

　어쨌든 시스템은 내 인지능력에 맞춰 시야 우측 하단에 미니 맵을 만들어서 보여주고 있었다. 지도의 검은 지역을 밝혀 가는 것도 나름 재미가 있었다.

　"보상도 있으니 더 열심히 해볼까?"

　야트막한 바위 언덕에 올라봤자 더 높은 바위 언덕과 산이 시야를 가리고 있어 넓은 범위의 지도를 작성하는 건 불가능했다. 한 번에 보상을 많이 얻으려면 더 높은 곳에 기어 올라갈 필요가 있어 보였다.

　"음?"

　그런 생각에 바위 언덕에서 뛰어내리려던 그 순간, 내 시야에 움직이는 게 잡혔다. 너무 멀리 떨어져 있는지라 점처럼 보이기는 하지만 분명 뭔가가 움직이고 있다.

　"먼지는 아닌 것 같고······. 최소한 사냥감은 되겠지?"

　내 인벤토리에 딱딱하게 군은 오래된 빵이 99개 있긴 하지만, 식량을 언제 구할 수 있을지 모르는 이 황무지에서 이것만으로 얼마나 버틸 수 있을지는 모른다. 그러니 식량 보급은 꽤 중요한 축에 속한다.

"좋아, 간다."

나는 방향을 틀어, 바위 언덕에서 횡으로 도약했다. 황무지의 거친 바람이 내 얼굴을 스치고 지나갔다. 착지 스킬 같은 건 없으므로 대충 한 바퀴 굴러 충격을 흘리고는, 자세를 바로잡자마자 즉시 질주 스킬을 활성화시켰다.

원래 튜토리얼 세계에서 얻을 수 있는 스킬 랭크는 기본적으로 F랭크에서 시작해서 A랭크까지 올릴 수 있다. 그 위의 랭크를 손에 넣으려면 졸업 후에 따로 스킬 북을 얻거나 다른 사람에게 배우거나 해야 한다…… 고 들었다.

내가 졸업해 본 건 아니니 정확히는 모르지만, 아무튼.

그럼에도 내 질주의 스킬 랭크가 S랭크인 건 내 고유 특성인 [한계돌파] 덕분이다. 원래대로라면 A랭크 이상 올릴 수 없지만, 난 그냥 숙련도만 채워 넣고 스킬 포인트를 퍼부어 강제로 랭크 업을 달성시킬 수 있었다.

그렇게 얻은 S랭크 질주의 효과는 A랭크 질주와는 판이하게 달랐다. 바람을 가르며 달린다는 인상의 기존 질주와 달리, 내 전력 질주는 바람을 무시하고 달린다. 공기저항이라는 당연한 물리법칙을 무시할 수 있게 되는 것이다.

그렇다 보니 A랭크 질주와는 차원이 다른 가속도를 붙일 수 있다. 그 결과, 나는 소리도 없이 점처럼 보이던 '사냥감'의 눈앞에 순식간에 도착할 수 있었다. 도착하고서야 그게 사냥감이 아니라는 것을 알았지만 말이다. 적어도 먹을 것처럼은 보이지 않았다.

'그것'은 두 발로 걷고 있었으며, 팔이 두 개 달렸고 머리도 하나였다. 모양은 딱 사람 모양새였으나, 피부색은 보랏빛에 몸에서는 심한 악취가 풍겼고 이빨은 날카로웠다.

"!"

악취의 정체가 시체 썩는 냄새라는 걸 알아채기보다 먼저 [직감]이 반응했다. 99+의 직감은 신뢰할 만하다는 것을 경험으로 깨닫고 있었기에 나는 즉시 행동을 취했다.

머리가 판단을 내리는 것보다 먼저 오른손은 인벤토리에 들어갔고, 숨 쉬는 것처럼 자연스럽게 녹슨 대검을 빼어 들었다.

"크아아아악!"

'그것'이 비명을 질렀으나 이미 늦었다. 비록 날도 갈려 있지 않은 녹슨 대검이지만, '그것'의 머리를 반으로 쪼개는 데는 아무런 문제가 없었다.

"이 녀석은……."

대가리를 쪼개 움직일 수 없게 된 시체를 보며 나는 눈살을 찌푸릴 수밖에 없었다.

―구울이로군요.

크리스티나가 먼저 말했다. 그녀의 말이 맞았다. 구울. 인간

의 시체를 파먹고 사는 괴물들. 튜토리얼에서도 토가 나올 정
도로 잡아본 적이 있었기에 금방 알아볼 수 있었다.

그래, 뭐. 저것들 잡고 레벨 업 해본 지가 하도 오래돼서 잠
깐 기억이 안 난 건 인정한다.

어쨌든 레벨 업 마스터는 인벤토리에 집어넣은 상태였는데,
이 상태에서도 크리스티나와 대화는 할 수 있는 모양이었다.
어쨌든 그녀의 목소리에서는 진한 혐오감과 불쾌감이 묻어 나
오고 있었다.

구울 고기를 먹을 순 없으니 잡아봐야 손해만 볼 뿐이다.
더러운 구울의 피가 묻은 녹슨 대검을 내려다보며, 나는 혀를
찼다.

[돌발 퀘스트]
─의뢰인: 크리스티나
─분류: 토벌
─난이도: 보통
─임무 내용: 구울 집단을 토벌하라!
─보상: 구울 한 마리당 기여도 1, 금화 1

하지만 퀘스트가 부여된다면 이야기는 달라진다.

*　　　*　　　*

나는 입가에 부드러운 호선을 그리면서도, 안 그런 척 크리스티나에게 불만을 토해냈다.

"보상이 너무 짠 거 아니야?"

─구울 처치는 너무 쉽잖아요.

"뭐, 그건 그렇지만."

구울이 마지막으로 내지른 비명은 자신의 동료들을 불러모으는 효과가 있었다. 그리고 그 비명은 충실히 효과를 발휘한 모양이다. 미니 맵에 붉은 점들이 다수 출현하기 시작했다.

"그어어어……."

"구우우울……."

딱히 미니 맵으로 확인할 필요도 없이, 구울들의 울음소리가 황무지를 뒤덮기 시작했다.

"숫자가 꽤 많군."

─조심하세요.

"아니, 보상을 많이 뜯어낼 수 있겠다는 의미로 한 말이야."

허세도 잘난 척도 아니다. 나는 들고 있던 녹슨 대검을 집어 던졌다.

퍼억! 촤악!

"구억!"

내가 던진 대검이 가장 앞에 있던 구울의 머리를 정확히 터트렸다.

"그아아아!!"

그걸 신호로 구울 떼가 날 향해 달려들기 시작했다. 이 급박한 상황에서 왜 무기를 버렸냐고? 솔직히 말해서 이런 놈들 잡는 데 한 자루당 내구도가 2밖에 안 되는 녹슨 대검을 쓰는 것도 아까웠기 때문이다.

그 대신 나는 인벤토리에서 투척용으로 쓰게 골라 담아놓은 돌멩이를 꺼내 들었다.

[투척]
—등급: 일반(Common)
—숙련도: S랭크
—효과: 아무거나 집어 던져 목표 대상에게 피해를 준다.

투척은 튜토리얼에서도 배우는 사람이 얼마 없는 스킬인데, 투자해야 하는 스킬 포인트에 비해 굉장히 효율이 안 좋기 때문이다. 원거리 물리 공격에는 더 좋은 스킬이 많은 점도 영향을 끼쳐서 아예 안 배우는 사람도 있다.

하지만 그건 바깥세상의, 전직에 성공한 플레이어들의 의견이다.

나는 튜토리얼에 갇혀 살았고, 거기서 배울 수 있는 원거리 공격 기술은 투척밖에 없었으며, 한계돌파로 00레벨을 찍은 탓에 스킬 포인트가 남아돌았다.

그럼? 찍을 수밖에 없지 않은가! S랭크 투척!

피융! 내가 던진 돌멩이가 총알이 바람 가르듯 날았다.

일반적인 투척으로는 이 정도 위력이 나오지 않는다. 위력 보정에 근력이 병아리 눈물만큼 추가되고, 민첩이 병아리 눈곱만큼 더해질 뿐이니까. 그러나 내 능력치는 둘 모두 99를 넘긴 지 한참 됐고, 투척의 S랭크 보너스로 능력치 반영률 500%가 붙었다.

퍼억!

─크리티컬!

그 결과, 나는 돌멩이 하나로 단단한 구울 대가리를 터트릴 수 있을 경지에 올라설 수 있게 되었다.

"원 샷, 원 킬!"

간만에 신나서 환호성을 지르며, 나는 허벅지를 재빨리 두 번 두들겨 다음 돌멩이를 꺼냈다. 퀘스트로 보상이 나오는 게 워낙 오랜만이라 그런가? 이상하게 신난다.

"그웍!"

"그아악!"

구울이 좋은 점을 꼽자면 이거 딱 하나다. 이놈들은 공포를 모른다. 사람의 살점을 맛보고자 하는 욕망에 이성을 빼앗겨, 아무리 강한 적을 상대로라도 절대 물러서지 않는다.

피융! 퍼억! 피융! 퍼억!

그 덕에 나는 단 한 마리의 구울도 놓치지 않고 모조리 대가리를 터트려 줄 수 있었다.

인벤토리에 저장해 둔 돌멩이의 숫자는 99개였다. 지금은 74개. 25개를 썼으니 죽인 구울의 숫자는 25마리……. 녹슨 대검으로 죽인 놈 둘을 합하면 27마리인 셈이 된다.

─퀘스트 완료! 보상을 지급합니다. 인벤토리를 확인하십시오.
─금화 27개, 기여도 27.

보상 내용을 보니 휘파람이 절로 나왔다.

"구울이 아니라 꾸울이로군!"

─저는 괜찮지만 다른 사람 앞에서는 그러지 마세요.

"아니, 뭐가?"

무슨 소릴 하는지 모르겠다. 설마 내 농담이 재미없었던 건가? 그럴 리는 없는데…….

─그보다 놀랐어요. 플레이어님, 강하시군요?

"응? 몰랐어? 내 능력치 보면 각이 나올 텐데."

그런 크리스티나의 평가에 이번엔 내가 놀랐다. 내 레벨이나 능력치 같은 건 꿰고 있는 줄 알았는데.

─그런 개인 정보를 제멋대로 열람할 수 있을 리 없잖아요.

"그러냐."

그런 것치고는 내 '세계관'에 대해 너무 잘 알고 있던데. 하긴 크리스티나가 이 스마트폰을 만든 건 아닐 테니. 그냥 시스템이 자동적으로 대응시켜 준 걸지도 모른다.

─어쨌든 이럴 줄 알았으면 퀘스트 난이도를 쉬움으로 둘걸 그랬어요.

"그럼 뭐가 바뀌어?"

─보상이 줄어들죠.

"그러지 마."

나도 사람이고 손해 보는 건 싫다. 정확히는 손해라기보다는 이번에 꿀을 빤 거고 다음부터 못 빨게 되는 거겠지만, 손해 보는 것 같은 기분이 드는 게 싫다.

"어쨌든 기여도도 꽤 벌어들인 것 같은데, 상점 아직 안 열렸어?"

─기여도 50에서 열람하실 수 있어요.

"아직 좀 남았군."

지도 작성으로 얻은 기여도가 18에 구울들을 처치해 27을 얻었으니, 지금 내 기여도는 45다. 금화도 어느새 65개로 꽤 모였다. 금화를 사용해 상점을 열 수도 있지만, 기여도 5만 더 쌓으면 되는데 그러긴 좀 아깝다.

─그래도 구울 떼를 만난 건 좋은 신호예요.

"응? 뭐가?"

—구울들이 이렇게 싱싱하다는 건 이 지역 주변에 먹잇감이 될 만한 인류가 있다는 뜻이기도 하니까요.

"…그런 식으로는 한 번도 생각 안 해봤는데. 네 말이 맞겠네."

좀 기분 나쁜 발상이지만 이치에는 맞다. 뭐, 퀘스트 해결에 필요한 단서를 손에 넣었다고 치면 오히려 고마운 일이지.

나는 다시 [질주]하기 시작했다.

　　　　　*　　　　　*　　　　　*

새로운 곳을 탐험한다는 것은 그것 자체로 가슴 뛰는 일이다.

더욱이 튜토리얼 세계라는 작고 닫힌 세계에서 뛰쳐나온 나다. 아무리 주위의 풍경이 끝없이 이어지는 황무지에 불과하다 한들, 여기 온지 고작 만 하루조차 채우지 못한 내겐 이것도 생경하고 흥미로운 풍경이었다.

그렇게 시간은 훅 흘러, 어느새 어둠이 내렸다.

"밤이 되면 찾기 쉬워질 줄 알았는데, 아니었군."

인간은 밤이 되면 불을 피운다. 조명을 얻기 위해서든 요리를 하기 위해서든, 어느 쪽이든 인간의 생활에 불은 필수 불가결 한 존재다. 21세기의 인간은 불 대신 전기로 조명과 요리를 해결하지만, 적어도 한국어로는 그것들도 '불'이라고 부른다.

그러니 불빛을 찾으면 된다. 그렇게 생각했었다.

그러나 그런 내 발상은 틀렸다. 해가 지자 황무지는 조명이랄 건 단 하나도 없는 시커먼 어둠 속의 세계가 되었다. 창백한 달빛만이 어렴풋이 말라비틀어진 흙과 바위를 비추고 있을 따름이었다.

—어쩌면 불을 끄고 숨어 있을지도 모르겠네요.

"응? 어째서?"

—플레이어님 정도로 강하다면 구울 따위는 별 위협이 안 될 테지만, 약한 사람들은 그렇지 않을 테니까요.

"그렇겠군."

어쨌든 어둠이 내려 시야가 제한되는 바람에 지도 작성의 효율도 안 나오겠다, 불빛으로 사람들의 흔적을 찾아보자는 계획도 물거품이 되었겠다. 솔직히 의욕이 식어버렸다.

아무리 강건 99+를 찍었다지만 체력이 무한대인 것도 아닌 데다, 구울 떼와 싸우기도 했고 전력 질주도 남용했고 해서 슬슬 휴식이 필요한 상황이었다.

뭐, 무리를 하면 하루 이틀 정도는 잠도 안 자고 움직이는 것도 가능이야 하지만 지금 내게는 굳이 강행군까지 해야 할 하등의 이유가 없었다.

"이쯤에서 쉬어 가야겠어."

—그러는 게 좋겠어요! 마침 상점도 열렸으니 말이에요.

해가 지기 전에 열심히 움직여서 지도 퀘를 수행해 기여도

50을 채워두었다. 자연히 금화도 다섯 개 더 벌어서 70개가 모였고.

"구울이 더 있었으면 좋았을걸."

─그런 놈들은 없는 게 더 나아요.

"그렇긴 한데."

내가 돈 벌고 먹고살려면 사냥감이 있는 편이 낫지. 그렇게 이어서 말하진 않았다. 대신 난 레벨 업 마스터를 인벤토리에 집어넣고, 적당히 주위를 둘러보며 야영에 적합해 보이는 자리를 찾았다.

적당히 편평하고 누울 자리가 있으며 바위로 주변이 가려져 외풍이 잘 들지 않는 곳. 물을 구할 수 있으면 더 좋겠지만, 기여도 23을 얻을 정도로 황무지를 돌아다녀도 물이 있을 만한 곳은 없었다.

어쩔 수 없지.

[캠프파이어]

─등급: 일반(Common)

─숙련도: S랭크

─효과: 불을 피워놓을 수 있다. 랭크가 높을수록 장작이 적게 들며 오래간다. 캠프파이어 주변에서는 휴식의 효율이 좋아진다.

캠프파이어 스킬의 S랭크 특전은 스킬 시전에 장작이 아예 들지 않는다는 거였다. 당시엔 스킬 포인트가 남아도니 별걸 다 배운다고 생각했었지만, 배워놓은 지금은 만족하고 있다. 캠프 가서 불을 피워본 사람이라면 모두 내 의견에 동의할 것이다.

불 곁에 가서 앉으니 따뜻하고 좋았다. 물론 그냥 기분만 좋고 끝나진 않았다.

―몸이 따뜻해집니다. [휴식] 스킬의 효율이 상승합니다. 캠프파이어 주변에서는 음식이나 요리를 나누어 먹는 것이 가능합니다.

캠프파이어 곁에 앉자 이제는 읽는 것조차 귀찮아진 메시지가 출력되었다.

누구 놀리는 것도 아니고.

"나눠 먹을 사람도 없는데 말이지."

씁쓸하게 중얼거려도 내 말을 받아줄 사람이 없다.

아, 크리스티나가 있었지. 나는 인벤토리 안에 넣어놨던 레벨 업 마스터를 꺼내 전원을 넣었다. 그런데 화면은 검었고 전에 못 보던 메시지가 떠 있었다.

―업데이트할 내용이 있습니다. 데이터 다운로드가 완료된 후 재시작됩니다.

업데이트? 재시작? 21세기 지구의 스마트폰 애플리케이션도 아니고. 그러고 보니… 내 세계관을 재현한 모습이라고 했지.

이런 것까지 재현할 필요가 있을까 싶지만, 나는 불만을 토해내는 대신 그냥 화면을 터치해 주었다. 그러자 다운로드 바가 생성되었다가 쭈욱 차오르고 사라지는 모습이 연출된 뒤, 화면이 다시 암전되었다.

다시 화면에 빛이 돌아왔을 때는 크리스티나의 화사한 모습을 완전히 가려 버릴 정도로 글자 양이 많은 안내문이 떴다.

─플레이어님께서는 기여도 50을 달성해 인류연맹으로부터 일반 연맹원의 지위를 인정받으실 수 있게 되었습니다. 이제부터는 인류연맹이 지원하는 일반급의 서비스를 이용하실 수 있습니다. 더불어 레벨 업 프로듀서를 비롯한 지원가로부터 불릴 호칭을 변경하실 수 있게 되었습니다.

크리스티나가 안내문을 읽어주었다. 지금 와서 새삼 드는 생각이지만 크리스티나의 발성은 상당히 명확하고 알아듣기 좋다. 성우나 아나운서 출신이라도 되는 걸까?

뭐, 그게 중요한 건 아니지.

"오, 상점이 열렸군. 그리고…… 일반 연맹원?"

그냥 넘어가기 힘든 단어가 또 등장했다.

─네, 플레이어님. 플레이어님께서는 연맹에 참여할 최소한

도의 자격을 스스로 증명하셨습니다. 그것도 단 하루 만에요!
놀라운 일이죠.

"비교 대상이 없다 보니 잘 모르겠군."

─매우 대단한 거예요!

능청스레 말하는 크리스티나. 이러다 정 들겠다.

"그리고 또……. 호칭을 변경할 수 있다고? 레벨 업 프로듀
서라면 크리스티나, 너잖아?"

─네, 플레이어님.

"오빠라고 부를래?"

─현 시점에서 호칭 변경은 단 한 번 가능합니다. 변경하시
겠습니까?

"…아뇨."

나도 모르게 높임말로 대답해 버리고 말았다. 왜지?

"그냥 이진혁이라고 불러."

실존하는지도 확실히 모르는 화면 안의 소녀에게 오빠라고
불려봤자 비참한 기분이 들 뿐이다. 그래서 나는 그냥 무난한
선택지를 골랐다.

─알겠습니다, 이진혁 님.

"엥? 이번엔 왜 확인 안 해?"

─해드릴까요?

"아니, 필요 없어."

이미 결정은 내려졌다. 번복은 없다.

"그럼 호칭도 이제 정리됐으니, 대망의 상점으로 들어가 보도록 하자."

―알겠습니다, 이진혁 님. 상점으로 가시려면 활성화된 상점 아이콘을 터치하시면 됩니다.

크리스티나의 말에 따라 왼쪽 아래에 새로 생성된 상점 아이콘이 반짝반짝 빛났다. 나는 아이콘을 손가락으로 힘주어 꾹 눌렀다. 그러자 화면이 바뀌면서 허름하고 작은 잡동사니 가게가 배경으로 나타났다. 그리고 그 가게의 점주인 듯한 소녀가 등장했다. 만두 머리에 치파오를 입은, 묘하게 중국풍의 활기차 보이는 인상의 소녀였다.

―안녕하세요, 고객님! 저는 고객님을 담당하게 된 레벨 업 코디네이터 링 하오라고 해요! 링링이라고 불러주세요!

*　　　*　　　*

응? 코디네이터? 흐음, 상점에 담당자가 따로 붙는 식인가.

링링은 생글생글 웃으며 빠른 목소리로 이렇게 말했다.

―고객님께서는 일반 연맹원이시기에 고르실 수 있는 상품에 제한이 있어요! 하지만 반대로 지금 막 일반 연맹원이 되신 고객님만 고르실 수 있는 상품도 있죠!

링링이 손을 펼치자 화면에서 띠리링 하는 소리와 함께 금빛 반짝이로 장식된 상자 하나가 나타났다.

─제가 추천드릴 상품은 바로 이거예요! 지금 막 연맹에 참여하신 분을 위한 스타터 세트 C! 겨우 금화 50개로 금화 200개분의 상품을 한 번에!! 고민하지 마시고 지르세요!!

"어디 보자."

아무 생각 없이 그냥 추천해 주는 대로 살 수도 있지만, 나는 그러는 대신 상자 아이콘 우상단에 위치한 아주 작은 빨간색 동그라미를 눌렀다. 그러자 스타터 세트 C의 내용물이 안내문 형식으로 주르륵 나열되었다.

"15일짜리 경험치 부스터, 금화 부스터, 기여도 부스터에 레어 장비품 대여권? 여기에 무작위 스킬 뽑기권 다섯 개?"

─최고 슈퍼 레어까지 나오는 특별 상품이에요!

"1% 확률로 말이지."

─확률까지 써두지 말라고 미리 담당자에게 말해뒀는데!!

다 기간 제한에 대여, 거기에 뽑기까지. 이 녀석은 마케팅을 한국 게임 회사에서 배웠나? 입은 옷은 중국풍인 주제에……. 그나마 확률은 공개된 걸 보니 한국 게임 회사보다 양심이 없지는 않은 모양이다.

링링은 내 눈치를 보더니, 다급하게 변명하듯 외쳤다.

─그, 그치만 일반 연맹원 고객께선 일반급 스킬까지밖에 못 산단 말이에요! 그런 걸 사느니 1% 확률로라도 슈퍼 레어를 뽑아보는 게 더 낫지 않나요?

"응, 아니야. 내가 살면서 운이 좋아본 게 손에 꼽히거든."

─아, 그러시다면야 추천해 드릴 만한 상품이 하나 있어요!

논란의 스타터 세트 C가 슥 사라지고 그 자리에 대신 반짝이는 알파벳 세 개가 나타났다.

LUK.

─특별 능력치, 행운! 빈 능력치 칸에 장착하시면 행운이 찾아온답니다! 지금이라면 단돈 금화 50개에 모십니다!!

이야기만 들어보면 괜찮은 것 같지만 분명 함정이 있을 거다.

"빈 능력치 칸이라니? 그게 뭔데?"

─가장 쓸모없는 능력치 하나를 빼고 그 자리에 대신 넣으셔도 돼요.

이 녀석, 너무 대놓고 말을 돌리는데? 게다가 당연히 내게 쓸모없는 능력치는 없다. 근력, 강건, 민첩, 솜씨, 직감. 모두 99+를 찍은 필수 능력치들이다.

"그런 거 없다."

─그럴 리가……. 보통 막 튜토리얼을 졸업한 플레이어라면 하나쯤은 덜 키운 능력치가 있을 텐데요?

그럴 리가 있지. 하지만 내가 보통은 아니니까. 그렇다고 크리스티나에게도 안 밝힌 내 이력을 링링에게 줄줄이 읊어줄 생각은 없기에, 나는 단호히 고개를 젓기만 했다.

"아무튼 없어."

─그럼 빈 능력치 칸, 그러니까 슬롯을 사서 달아야 되는데

이건 무리예요. 가장 싼 거라도 금화 25개는 필요하니까요. 그리고 이런 건 싼 걸 사면 안 돼요.

지금 내겐 금화가 70개밖에 없으니 무리긴 무리다. 그러니 행운 사서 달고 뽑기 돌리는 건 패스.

"그보다 필요한 게 있는데."

─뭐든지 말씀해 보세요! 이 링링이 뭐든 구해다 드리죠! 등급에 맞는 거라면요!!

의욕은 불태우는 것 같은데, 영 신뢰가 가질 않는걸. 그래도 일단 말은 해봐야 했다. 내게 꼭 필요한 거였으니까.

"물이 필요해. 그리고 먹을 거."

이 황무지에 얼마나 머무를지 모르겠지만, 상점을 통해 안정적으로 물과 식량을 공급받을 수 있다면 생존 가능한 기간이 확 늘어날 것이다.

─아……. 그렇군요. 알았어요.

아까까지 타오르던 의욕이 확 식어버린 것 같은 반응이다. 그래도 일은 제대로 한 건지, 링링의 오른쪽에 아이콘이 몇 개 나타났다.

─물은 맑은 물, 맛있는 물, 몸에 좋은 물 세 종류가 있고요. 음식은 찐 쌀, 주먹밥 세트, 중화요리 코스가 있어요. 그 외에도 요리 스킬 세트가 있는데요. 요리 스킬 북과 요리 도구 일습, 식재료 모음으로 구성되어 있어요.

"그런데 물이랑 음식은 금화가 아니라 GP로 결제되는데, 이건 뭐지?"

─물 몇 리터를 금화로 거래할 순 없잖아요. 그래서 GP로 쪼개서 거래하실 수 있어요. 금 쪼가리(Gold piece)라는 뜻이랍니다! 금화 하나에 100GP를 사실 수 있고, GP를 도로 금화로 바꾸시려면 102GP가 필요해요.

깨끗한 물 10L가 10GP, 찐 쌀 1kg이 10GP였다. 금화 하나를 백만 원이라 치면 겨우 물 10L에 10만 원이나 줘야 하는 셈이지만, 황무지라는 환경적 특성을 생각하면 비싼 거라 할 수가 없다.

"깨끗한 물과 맛있는 물의 차이는 뭐지?"

─맛있는 물에는 과즙이 들어 있어서 더 맛있어요!

"설마⋯⋯. 2% 들어 있다고 하진 않겠지?

─어떻게 아셨어요?!

놀라서 눈을 휘둥그레 뜨는 링링의 표정이 귀엽긴 했지만 귀엽지 않았다. 아무리 예쁜 연예인이라도 여동생이면 이런 느낌일까. 좀 다른가. 연예인 여동생을 가져본 역사가 없으니 정확히 모르겠다.

"그럼 몸에 좋은 물은?"

─미네랄이 풍부하게 들어 있어요!

약수란 소리군.

가격은 맛있는 물이 15GP, 몸에 좋은 물이 20GP였다.

⋯그냥 깨끗한 물을 먹는 게 낫겠어.

"중화요리 코스는 대체 뭐야?"

—짜장면, 탕수육, 군만두로 이뤄진 고급 중화요리 코스예
요!

고급이 아니라 고오급이겠지. 아무리 '내 세계관'을 반영했
다지만 중화요리 코스 상태가 이런 건 좀 아니지 않나?

맥이 탁 풀리는 것과는 별개로 입에는 침이 차오른다.

짜장면!

튜토리얼의 고된 생활을 보내면서 그 기름진 면 요리를 얼
마나 고대했던가. 분명 호화롭진 않지만 내게 있어선 현실적
으로 강렬한 유혹이었다.

아무리 그래도 짜장면 한 그릇 먹겠다고 20GP나 지불할
수는 없다. 현실적인 유혹은 현실의 벽에 의해 막혔다.

황무지에서 빠져나가 물과 음식을 안정적으로 손에 넣을
수 있다는 확신이 든다면 모를까, 현재로선 낭비는 금물이다.
이 황무지가 얼마나 넓은지도 모르고, 여기 언제까지 있을지
도 모르니 말이다.

퀘스트로 금화를 벌 수 있다지만, 앞으로도 그럴 수 있을
것이라고 넘겨짚는 것도 별로 현명한 태도는 아니리라.

그러니 금화 20개짜리 요리 스킬 세트는 애초부터 고려 대
상에서 제외되어 있었다. 링링도 열심히 팔아볼 생각은 그리
없어 보였고.

어쨌든 상점을 통해 물과 식료품 보급이 가능한 걸 알게 된

시점에서 나는 만족했다. 이미 빵 99개와 물주머니 99개를 갖고 있으니까.

이걸 다 먹은 후에나 금화를 GP로 쪼개는 게 나을 것 같았다. GP를 다시 금화로 합치려면 2GP를 더 내야 하기도 하고.

세상에서 제일 무서운 게 수수료와 설탕이다. 가랑비에 옷 젖는지 모르지.

"그렇군⋯⋯. 그보다 링링."

―네? 중화요리 코스에는 관심이 없으신가요?

있다! 있지만 무시한다.

"혹시 전직 아이템이나 그런 건 없어?"

00레벨을 찍긴 했지만 내 클래스는 아직 무직이다. 기본 스킬과 높은 기본 능력치로 생존을 도모할 수는 있어도, 더 이상 레벨 업으로 인한 성장을 보장받을 순 없다.

하지만 전직을 하면 직업 레벨을 올려 다음 성장을 도모할 수 있다. 직업 스킬과 전용 능력치로 더 강력해질 수도 있고.

―있긴 한데요⋯⋯. 별로 추천드리고 싶지 않네요.

그런데 링링의 입에서 나온 말은 내겐 상당히 의외의 말이었다.

―이 세계에서 전직할 수 있는 방법을 찾거나, 아니면 기여도를 더 모으셔서 레벨 업 마스터의 전직 기능을 여시면 무료로 전직하실 수 있게 되거든요. 굳이 상점에서 금화로 전직 아이템을 구매하는 건 별로 효율적이지 못해요.

랜덤 아이템을 팔아먹으려고 든 주제에 내 등을 안 쳐 먹겠다고? 그냥 팔겠다고 하면 살 텐데?

"그러냐……."

나는 링링을 오해했음을 깨달았다. 그녀가 랜덤 아이템을 팔아치우려 한 건 날 호구 잡아먹으려 한 게 아니라, 진짜로 1% 확률에라도 거는 게 낫다고 생각했기 때문이리라. 가치관의 차이가 빚어낸 비극이었다.

"좋아, 링링. 기여도와 금화를 더 모은 뒤에 다시 보자. 네 말대로 능력치 슬롯과 행운, 스타터 세트 C를 다 사려면 내 재산이 좀 부족하니까."

그렇다고 지금 당장 스타터 세트 C를 지를 생각은 없지만 말이다. 그건 그거, 이건 이거다.

─알았어요. 대신 필요하신 게 있으면 언제든 바로 링링을 불러주세요.

실적을 올리지 못해 풀이 죽은 모습이었지만, 링링은 애써 밝은 목소리로 다시 불러달라고 말한 뒤 화면에서 사라졌다.

"이상하게 지쳤군."

정신적 피로를 느껴본 것도 오랜만인 것 같았다. 하긴 튜토리얼에 갇힌 탓에 제대로 된 거래 같은 걸 한 지도 오래됐으니. 푹 늘어져 한숨 자고 싶은 기분이었지만 참기로 했다. S랭크 캠프파이어와 S랭크 휴식이 합쳐지면 사실 잠을 잘 필요도 없다.

[휴식]

—등급: 일반(Common)

—숙련도: S랭크

—효과: 비전투 상태에서만 사용 가능. 편하게 쉬어 생명력과 체력을 회복시킨다. 랭크가 오를수록 생명력과 체력이 빠르게 차오른다.

휴식의 S랭크 특전이 바로 수면에 준하는 효과를 발휘하는 것이었다. 여기에 캠프파이어까지 합쳐지면 잠깐 눈을 붙이는 것만으로 8시간 수면을 취하는 것과 같은 효과를 발휘한다. 나는 눈을 붙이지 않는 대신 밤 동안만 쉴 생각이었다.

해 뜨면 바로 다시 탐색에 나서야지. 돈 벌어야지.

나는 그런 생각으로 하늘을 올려다보았다.

이 세계에서도 달은 하나였다. 하지만 별자리는 달랐다. 별로 지구의 별자리를 확실히 기억하고 있는 건 아니지만, 북두성도 북두칠성도 보이지 않으니 아마 다르긴 다르겠지.

"아, 할 거 진짜 없네."

밤하늘을 올려다보기에도 질려, 그냥 다시 레벨 업 마스터를 꺼내 크리스티나와 수다나 떨까 생각했을 때였다.

하늘을 올려다보느라 반응이 늦은 건 아니었다. 그저 내 직감은 위험할 때만 발휘될 뿐이다. 반대로 말하면, 어느새 불

가로 다가온 저 인간형 생물이 내게 위험한 존재가 아니라는
의미이기도 하다.

"이, 이럴 수가……. 불이다……. 진짜 불이야……!"

그 작은 인간형 생물은 눈 끝에 눈물까지 매단 채, 아련한
목소리로 그렇게 속삭였다. 딱히 내게 말하는 것 같지는 않았
다.

작다고 해도 무슨 개미나 쥐처럼 작은 것은 아니었다. 그저
나보다 작은 것뿐이지.

150cm 정도? 중학생처럼 보일 키지만, 입 주변에는 덥수룩
한 갈색 수염을 매달고 있는 게 다소 언밸런스했다. 키가 작
은 대신 어깨는 떡 벌어졌고 팔 근육이 우락부락한 게 강인하
게 보이는 인상이다.

나는 이 종족이 뭐라고 불리는지 알고 있다. 왜냐하면 튜토
리얼에서도 만난 적이 있었던 종족이므로.

드워프다.

당연하지만 드워프는 지구인이 아니다. 아예 다른 차원의
주민이다. 그런데도 내가 드워프의 말을 알아들을 수 있는
건……. 뭐 아마 시스템이 통역해 주기 때문이겠지. 튜토리얼
세계에서도 그랬으므로 크게 이상해할 일은 아니다.

"위험을 무릅쓰고 확인해 보러 온 가치가 있었어! 진짜 불
이라니, 진짜 불이 있다니!!"

내 앞에서 흥분한 듯 수염을 떨며 말하는 드워프. 내 존재

는 아랑곳도 하지 않는 것 같다. 불에 눈이 팔려 알아채지도 못한 걸지도 모른다.

"크흠!"

그래서 나는 헛기침을 했다.

내 존재를 알아챈 후 이 드워프가 어떤 반응을 보일지는 모르지만, 만약 공격적으로 나온다면 내 판단보다 먼저 직감이 반응할 것이다. 만약 직감이 반응한다면 바로 베어버릴 생각이었다.

다행히 직감은 반응하지 않았다. 드워프는 내 존재를 뒤늦게 알아채고 시선을 들어 날 보았다. 눈물이 그렁그렁한 게, 매우 부담스러웠다.

"혹시 이 불……. 귀인께서 피우신 겁니까?"

귀인이라니. 어이도 없고 민망하기도 해, 나는 살짝 헛기침을 한 후 대꾸했다.

"그렇다."

하지만 반말을 했다. 아니, 사실 NPC 상대로 높임말을 쓰는 것도 이상하지 않나? 필요하다면 못 쓸 것도 없지만, 상대가 날 귀인이라 부르는데 굳이 말을 높일 이유가 없었다.

"그럴 수가! 어, 어떻게!!"

드워프의 두 눈이 화등잔처럼 커져 있었다. 딱 봐도 엄청 놀란 것 같았다.

왜지?

나는 본능적으로 진실을 밝히면 안 되겠다는 생각이 들었다.

"그냥 피웠는데. 왜? 여기 불 피우면 안 되오?"

완전 반말에서 살짝 하오체로 높인 건……. 혹시나 해서다. 그러나 내 대답을 들은 드워프는 내 말투에 태클을 걸기는커녕, 어째선지 그 자리에 털썩 무릎을 꿇었다.

"안 될 게 뭐가 있겠습니까! 그러나 위대하신 분이여, 인류가 신을 분노케 해 태초의 불을 빼앗긴 이후로 우리 중에 불을 붙일 수 있는 자는 없습니다. 그러니 귀인께서는 분명 신이나 그와 비슷한 분이시겠지요!!"

드워프는 머리를 조아렸다.

"부디 자비를! 부디 은혜를! 부디 저희를 구원하소서!!"

Chapter 3

　드워프는 자신의 이름을 두프르프라 밝혔다. 두프르프가
이름을 밝힌 시점에서 크리스티나에게 받아두었던 접촉 퀘스
트가 반응했다.

[퀘스트]
　—의뢰인: 크리스티나
　—종류: 접촉
　—난이도: 안전
　—임무 내용: 이 지역의 인류 사회를 찾아내고 구성원과 접촉하
라!

—1. 인류 사회 찾아내기
—2. 구성원과 접촉하기(완료)
—보상: 금화 10개, 기여도 10

세부 조건 중 하나를 만족시켰지만 지도 퀘스트와는 달리 중간 보상이 들어오지는 않았다. 아무래도 두프르프가 사는 곳까지 가서 그들 사회와 접촉해야 완전히 보상을 얻을 수 있게 될 것 같았다.

두프르프로부터 자초지종을 듣자 하니 이랬다.

그들의 신화에 따르면, 태초에 인류는 불을 피우지 못했다고 한다. 그런데 인류를 어여삐 여긴 어떤 거신이 다른 신들의 반대를 무릅쓰고 인류에게 불을 전해주었고, 그때부터 인류는 불을 피울 수 있게 되었다고.

그렇게 받은 불을 이용해 드워프들을 비롯한 이 세계의 인류는 번성하고 찬란한 문명을 꽃피웠다. 특히 드워프들은 대장장이 일에 능해 쇠와 불의 민족이라는 말까지 들었다고 자화자찬을 했다.

그러나 어느 시점을 기점으로 그들이 소유하고 있던 모든 불들이 꺼져 버렸고 새로 피워내는 것도 불가능해지고 말았다. 당연히 그들도 동원할 수 있는 모든 수를 다 써서 불을 피우려고 노력해 봤지만 모두 수포로 돌아갔다고 한다.

결국 자포자기한 드워프들은 자신들이 신의 진노를 사 태초의 불을 빼앗겼다 여기기에 이르렀다.

분명 그랬는데……. 내가 여기서 떡하니 캠프파이어를 하고 있었으니.

눈이 돌아가서 구울들이 먹잇감을 찾아 헤매는 이 위험천 만한 황야를 목숨 걸고 횡단하는 모험까지 해가며 여기까지 찾아왔다는 게 두프르프가 밝힌 자초지종이었다.

그렇다 보니 두프르프가 내게 청한 자비니 은혜니 구원이 니 하는 것도 당연히 이거였다.

[퀘스트]
―의뢰인: 크리스티나
―종류: 연계
―난이도: 안전
―임무 내용: 두프르프의 드워프 부락에 불을 전해주기
―보상: 금화 10개, 기여도 10

자기네 부락에 방문해 불을 피워달라는 것.

내 입장에서 보자면 캠프파이어 스킬 한 번 써주는 것만으 로 금화 10개를 챙길 수 있으니 꽤 쏠쏠한 퀘스트였다. 게다 가 어차피 기존의 접촉 퀘스트를 깨려면 드워프 부락까진 가 야 하니 일석이조다.

"어려울 것 없는 부탁이로군."

그러므로 나는 두프르프의 부탁과 크리스티나가 제시한 퀘스트를 양쪽 모두 받아들였다.

'정보도 더 모아야 하고.'

드워프의 부락이라고는 해도 어쨌든 사람이 모이는 곳이다. 부평초처럼 황무지를 혼자 떠돌아다니는 것보다는 많은 정보를 얻을 수 있으리라. 그리고 사람들이 모여 산다는 건 물과 식량을 보급할 수 있는 수단이 존재한다는 의미이기도 했다.

퀘스트를 받긴 했지만 그 보상만으로 만족할 생각은 없었다. 드워프들로부터도 불을 피워준 대가를 받아낼 생각이었다. 물과 식량, 그리고 정보로 말이다.

"감사합니다! 감사합니다, 이진혁 님!!"

"해가 뜨면 바로 출발하도록 하지."

두프르프의 이야기를 듣느라 이미 꽤 시간이 지나 있었고, 곧 동이 틀 터였다.

"밤새 오느라 피곤했을 텐데 좀 쉬어두도록 해. 자도 좋아. 내가 불침번을 볼 테니."

"아닙니다! 제가 어찌 감히……."

"앞으로 내게 길 안내를 해줘야 하는데, 흐리멍덩한 정신으로 헤맬 셈이야? 말 들어. 자라."

"…그, 그럼 염치 불고하고……. 배려에 감사드립니다, 이진혁 님."

시종일관 고압적인 태도를 취하고 하대하는 말투를 썼음에도 두프르프는 조금도 기분 나빠하지 않았고, 오히려 내 배려에 감동하는 듯했다. 본래 드워프라는 종족은 자존심이 강하고 낯을 가려 친밀도를 높이는 작업이 귀찮고 불쾌한데, 꽤나 이례적인 경우였다.

'그만큼 불을 바라는 마음이 큰 것이겠지.'

드워프의 강한 자존심은 그들의 실력에서 비롯된 것이다. 일종의 장인정신이라고 해야 할까. 뛰어난 대장 기술의 자부심과 자신감이 자존심으로 이어진 거라 봐도 됐다.

그런데 불이 없으면 쇠를 녹이지도 두들기지도 못한다. 하루아침에 무능한 실업자가 된 셈이다. 내게 비굴할 정도로 몸을 낮추는 이유도 이것일 테지.

두프르프는 노곤한 몸에 불을 쬔 탓인지, 금방 꾸벅꾸벅 졸더니 잠들어 버렸다. 나는 그가 잠들어 버린 걸 확인한 후에 레벨 업 마스터를 인벤토리에서 꺼냈다.

"링링."

─아, 헤! 후르릅!! 고객님의 코디네이터 링링이랍니다!

레벨 업 마스터가 켜지자마자 링링의 이름부터 부르니, 링링이 놀라며 튀어나왔다. 짜장면을 먹고 있었는데, 급하게 삼키곤 음식을 숨기는 모습이 코믹했다. 코믹한 건 둘째 치고 나도 짜장면 먹고 싶다. 하지만 참아야지.

"스타터 세트에 붙어 나오는 부스터 말인데, 퀘스트 보상에도 적용되나?"

―물론이죠!

실적을 올릴 수 있다는 생각 때문인지, 링링의 표정에서는 화색이 돌았다.

"좋아."

나는 욕망으로 얼룩진 미소를 입에 걸었다.

*   *   *

스타터 세트 C.

금화 50개라는 만만치 않은 가격의 세트 상품이다.

하지만 스타터 세트 C에 함께 붙어 나오는 금화 부스터를 뜯으면 퀘스트 보상이 2배가 된다는 설명에 나는 구입을 결정했다.

드워프 부락의 퀘스트 2개를 해결하면 금화 20개가 들어오는데, 부스터의 효과로 보상이 2배가 되니 금화 40개. 가는 동안에도 지도 작성 퀘스트를 깰 수 있으니 기대수익은 더욱 불어난다.

여기에 기여도도 추가로 얻을 수 있고, 경험치 부스터에 레어 장비 대여권과 스킬 뽑기권까지 따라온다.

물론 지금 난 레벨이 너무 높아 경험치를 얻을 수 없으니 경험치 부스터야 나중에 전직한 후에 쓰는 걸로 하고, 스킬 뽑기권도 행운 능력치를 얻은 다음에 긁을 생각이다. 레어 장비 대여권도 당장 쓸 필요는 없는 것 같고. 일단은 그냥 다 쌓아놓아야겠다.

이럴 거면 그냥 금화 부스터와 기여도 부스터만 따로 구입하는 게 더 경제적이지 않을까? 나도 그렇게 생각해서 링링에게 부스터 가격을 물어봤다. 그랬더니 7일짜리 금화 부스터가 금화 20개라는 대답이 돌아왔다.

금화 200개분의 구성이라더니 과연.

―복 받으실 거예요, 고객님!

실적을 올리게 된 링링은 방실방실 웃음이 끊이질 않았다. 그렇게 좋을까? 괜히 따라서 기분이 좋아진다. 거래 상대의 기분이 좋아지는 거래는 하는 게 아니라는 속설이 있다만, 아무리 그래도 기념할 만한 첫 거래인데 그렇게 까칠하게 굴 것도 없겠지.

링링과의 거래를 마치자 동이 트기 시작했고, 나는 드워프 두프르프를 깨웠다.

돈 벌 시간이다!

*   *   *

두프르프가 잠들었던 시간은 아무리 길게 잡아야 한 시간도 넘지 않았으나, 그는 개운한 표정으로 일어났다.

"간만에 불을 쬐며 자서 그런지 몸이 아주 가뿐합니다!"

그의 말은 사실이었다. S랭크 캠프파이어의 효과 덕이었으니까.

"다행이군."

가볍게 두프르프에게 대꾸해 주고, 나는 캠프파이어를 해제했다.

혹.

단 한 순간에 불은커녕 불을 피운 흔적마저 완전히 사라진 것을 본 두프르프가 놀라 눈을 휘둥그레 떴다. 하긴 스킬이 물리법칙을 무시하는 걸 처음 봤다면 놀랄 법도 했다.

"출발하지."

나는 그의 어깨를 가볍게 두들겼다. 스킬에 대해 자세히 설명해 줄 생각은 애초부터 없었다.

"아, 알겠습니다."

*　　　　*　　　　*

두프르프의 걸음은 그리 빠른 편은 아니었다. 종족적 특성상 다리가 짧기도 했지만, 진짜 원인은 그가 사주경계를 철저히 하며 조심스럽게 움직이는 탓이 컸다.

"이 황야에는 구울들이 죽은 자의 시체를 찾아 헤매고 있습죠. 시체가 없다면 만들어서라도 먹을 놈들입니다."

말할 것도 없이 사람을 죽여서 먹는다는 소리다. 나도 구울 놈들의 습성에 대해서는 잘 알고 있기에 두 번 물어볼 필요는 없었다.

"위협이 되는 건 구울들뿐인가?"

"제가 알기론 그렇습니다. 강철 무기가 있다면 어렵지 않게 상대할 놈들입니다만, 이미 말씀드렸다시피 강철 무기를 만들기 위해서는 불이 필요하다 보니⋯⋯."

"구울들뿐이라면 큰 문제는 없군."

저쪽에서 꿈틀거리는 사람 그림자가 여럿 보였다. 두프르프와 달리 몸을 숨기지도 않고 조심스럽게 움직이는 기색도 아니다. 아마 구울들일 것이다. 사람이라면 더 좋겠지만, 그럴 가능성은 낮았다.

"잠깐 다녀오지."

"예?"

나는 두프르프의 대답을 끝까지 듣지 않고 바로 몸을 숨기고 있던 바위 그림자에서 뛰쳐나갔다. 질주 스킬을 활성화시킨 탓에 사람 그림자들과의 거리는 순식간에 훅 줄어들었다.

"크리스티나."

눈으로 구울들의 모습을 직접 확인한 나는 나지막한 목소리로 크리스티나의 이름을 불렀다.

—네, 이진혁 님.

뭘 해달라고 할 필요도 없었다. 바로 구울 처치 퀘스트가 발주되었다.

[돌발 퀘스트]

─의뢰인: 크리스티나

─분류: 토벌

─난이도: 보통

─임무 내용: 구울 집단을 토벌하라!

─보상: 구울 한 마리당 기여도 2(부스터 효과 +100%), 금화 2(부스터 효과 +100%)

"좋아!"

뜻하지 않은 부수입이다! 그것도 두 배로 짭짤한!!

 *　　　*　　　*

구울을 몇 마리 잡았는지는 나도 모른다. 도중부터 세는 걸 관뒀으니까. 어제는 남은 돌의 숫자로 몇 마리 잡았는지 가늠했는데, 오늘은 그것도 불가능하다. 돌을 다 써서 발로 차 죽여야 했으니까.

원칙대로라면 반드시 피해야 할 위험하기 짝이 없는 행위다. 구울 놈들의 이빨, 손톱, 그리고 날카로운 갈비뼈에는 치명적인 독이 묻어 있으니까.

그러나 강건이 99+에 달한 내게 구울의 독은 아무런 위협이 되지 않는다.

아니, 그 이전에 애초에 한 대도 안 맞았다. 하이킥으로 대가리를 날려 버리면 아무것도 못 하고 움직임을 멈췄다.

그 덕에 내 주변엔 대가리가 날아간 구울 시체가 그득히 쌓여 있었다. 날아간 대가리는 황야 어딘가에 나뒹굴고 있겠지. 뭐, 내 알 바는 아니다.

—너무 많이 잡으셨는데요. 역시 다음부터는 구울 토벌 난이도를 조정해야겠어요.

크리스티나가 그렇게 불평을 해올 정도로 잡은 건 분명했다.

"내 탓은 아니잖아."

그렇다. 내 탓은 아니었다.

구울들을 잡아 죽이는 도중에 신이 나서 '아뵤오~!', '호와타~!', '아쵸오~!' 같은 괴성을 내지르며 싸우다 보니 주변의 구울들도 소릴 듣고 몰려오긴 했지만, 그건 내 탓이 아니라 소릴 듣고 몰려온 구울들 탓이었다.

"그래서 몇 마리나 잡은 거야?"

—이 일로 상부에서 감사 나오면 어쩌지…… 으으으…… 난이도 책정에 오류가 있었다고 밀어붙이는 수밖에…….

전전긍긍하는 크리스티나에게는 물어봐도 바로 답이 나올 것 같진 않았기에 나는 그냥 시스템 로그로 보상을 확인하기로 했다.

―퀘스트 완료! 보상을 지급합니다. 인벤토리를 확인하십시오.

―금화 224개(+100%), 기여도 224(+100%).

＊　　　＊　　　＊

이번 구울 퀘스트의 해결로 얻은 금화는 총 224개.

스타터 세트 C의 가격은 금화 50개였으니, 얻은 금화만 계산해도 본전을 뽑고도 거스름돈이 원금보다 많을 정도가 되고 말았다.

그것도 오늘이 부스터 뜯은 첫날이고, 이게 처음 해결한 퀘스트인 걸 생각하면 '스타터 세트 산 본전을 뽑았다'고 생각하는 건 차라리 뻔뻔하게까지도 느껴졌다.

으음. 확실히 이건 좀 도가 지나쳤던 듯하다.

"저기, 크리스티나. 미안. 내가 너무 신 냈지?"

워낙 대박을 터트리고 나니 기쁨보단 미안함이 앞섰다. 이럴 줄 알았으면 그냥 난이도를 쉬움으로 조정해 달라고 할 걸 그랬나.

―아뇨, 제 탓인 걸요. 게다가 이미 끝난 일이고, 플레이어님은 마음 쓰실 것 없으세요.

애잔하잖아! 은근슬쩍 나를 부르는 호칭이 플레이어님으로 돌아와 있는 것조차 지적하기 힘들 정도로 크리스티나의 목소리에는 힘이 빠져 있었다.

뭐라고 위로해 줘야 되지? 그렇게 고민하고 있을 때쯤, 두프르프가 헐레벌떡 이쪽으로 뛰어오는 모습이 보였다.

사뭇 비장한 표정으로 두프르프는 이렇게 외쳤다.

"이 불초 두프르프, 미력하나마 귀인께 힘을 보태……. 어?"

두프르프는 주변에 쌓여 있는, 이제는 움직이지 않는 시체가 된 구울들을 보더니 눈을 휘둥그레 떴다.

"마음만 받도록 하지, 두프르프."

그의 오른손에 들려 있는 나무 몽둥이와 그 비장한 얼굴을 보아하니, 타이밍 맞춰서 왔어도 큰 도움은 안 되었을 것 같다. 하지만 뭐, 마음이 중요한 거지.

한참 주변을 두리번거리며 눈앞의 사실을 이해하려 애쓰던 두프르프는 문득 내게 무릎을 꿇으며 절을 하려 했다.

"귀인께서는……. 정말로 현세에 강림하신……."

"어허, 아니라니까."

나는 두프르프를 억지로 일으키며 이어질 말을 미리 잘라 버렸다.

"그리고 이진혁이라 부르라 몇 번이나 말하지 않았나?"

"죄, 죄송합니다. 이진혁 님."

두프르프는 급히 고개를 조아리며 사죄했다.

어쨌든 두프르프의 반응을 보아하니 내가 드워프들보다는 좀 센 것 같다. 튜토리얼에서 흙 씹어가면서 00렙을 찍은 보람은 있는 것 같으니 다행이라고 해야겠지.

"그러나 이진혁 님, 저는 이진혁 님께 절을 올려야겠습니다."

두프르프는 갑자기 굳은 목소리로 내게 선언했다.

"이놈들, 이 빌어먹을 씹어 죽여도 모자랄 구울 놈들은 제 동지와 혈족들의 시체를 꺼내어 먹은 것으로도 모자라 저희의 생명까지도 위협하던 악적들입니다! 불을 잃고 강철을 잃은 저희는 이 저급한 놈들을 상대로 원수를 갚기는커녕, 힘이 모자라 먼저 죽은 자들의 시체를 던지고 도망치는 비루하고 배덕한 짓거리까지 해야 했습니다. 그런데 이진혁 님께서 이 악적들을 벌하여 주셨으니, 이 은혜에 절을 올리지 않는다면 이 두프르프는 사람의 예조차 다하지 못한 것이 됩니다! 부디 제 절을 받아주십시오!!"

두프르프의 뜨거운 눈물이 황무지를 적셨다. 그 뜨거운 목소리에는 스스로 원수를 갚지 못한 자의 한과 다른 이의 손을 빌려서라도 원수를 갚은 이의 환희가 뒤섞여 있었다. 이런 두프르프의 절을 내가 어떻게 말릴 수 있을까? 그런 건 불가능했다.

쿵.

두프르프의 머리가 땅바닥을 찧으며 소릴 냈다.

"이 만고의 은혜! 두프르프는 목숨을 바쳐서라도 보은할 것임을 하늘과 땅에 맹세합니다!"

어쩌나 세게 머리를 찧은 건지, 두프르프의 이마에서 피가 흘러나왔다. 나는 내심 혀를 찼다. 이렇게까지 하다니. 좀 부담스러운데.

"일어나게."

그래도 기분이 나쁘지는 않다. 아무리 NPC라지만, 내가 한 일을 긍정해 주는 사람이 있다는 건 좋은 일이다.

몸을 일으킨 두프르프의 이마에는 찢어진 상처가 있었고, 피가 줄줄 흐르고 있었다. 나는 인벤토리에서 더러운 붕대를 꺼내 두프르프의 상처에 대충 감아주었다.

[응급치료]
─등급: 일반(Common)
─숙련도: S랭크
─효과: 비전투 상태에서만 사용 가능. 대상의 생명력을 천천히 회복시키고 부상을 치료한다. 스킬 사용에 붕대가 필요하다.

응급치료 스킬의 S랭크 보너스는 가벼운 상태이상을 덜어 주는 거였다.

그래서 내가 대충 붕대를 감자마자 두프르프의 이마에서 흐르던 피가 바로 그쳤다. 두프르프의 '출혈' 상태이상이 사라진 덕이었다. 상처 자체는 크지 않았으니, 붕대를 좀 감고 있으면 곧 완치될 것이다.

"가, 감사합니다."

두프르프는 내 응급치료의 효과에 놀라는 눈치였으나, 나는 굳이 말을 보태지 않았다. 그저 그의 어깨를 툭툭 치며 빙긋 웃었다.

"그저 내 가는 길에 걸리적거려 발로 차낸 것뿐이니 보은이니 뭐니 너무 신경 쓰지 말게."

목숨까지 걸어가며 보은하겠다고 나오면 나로서도 너무 부담스럽다. 이런 식으로 좀 겸양하더라도 은혜를 잊어버릴 상대 같아 보이지도 않으니 말이다.

충성 같은 건 필요 없으니 가능하면 그냥 보물 같은 거나 좀 줬으면 좋겠다. 어쨌든 상대는 드워프니까.

그런 속내는 깨끗이 숨긴 채, 나는 두프르프에게 씨익 웃어 보이며 말했다.

"구울들을 조심할 필요를 덜어냈으니, 부락까지 가는 지름길을 택할 수 있겠군. 지치지 않았다면 안내를 부탁하도록 하지."

*　　　*　　　*

두프르프의 드워프 부락은 지도 퀘스트 기준으로 보상이 3번 나올 정도의 거리에 있었다. 내 걸음으로 치자면 대충 두 시간 정도 거리일까? 두프르프의 진행 속도에 맞췄으니 실제로 이동한 시간은 그 두 배 정도 들었지만, 아무튼 그랬다.

부스터의 효과 덕에 지도 퀘스트 보상으로 받은 금화는 6개가 되었고, 이로써 내가 가진 금화는 250개가 되었다.

고작 몇 시간 만에 금화 230개를 번 셈이다. 금화 하나를 백만 원으로 치자면 2억 3000만 원쯤을 벌어들인 셈이다. 뭐, 말이 그렇다는 거지 실제로 이 금화를 원화로 교환할 일은 아마 없겠지만 말이다.

어쨌든.

도착해서 본 드워프 부락의 모습은 내가 상상했던 것보다 훨씬 열악했다.

두프르프가 자신들의 부락이라고 하기에 거창한 게 있을 거라고는 생각하지도 않았지만, 그래도 집이라도 짓고 살 줄 알았더니……. 집은커녕 구덩이를 파고 적당히 큰 돌이나 바위를 얹어 그 안에 들어가 사는 게 고작이었다.

―퀘스트 완료! 보상을 지급합니다. 인벤토리를 확인하십시오.

어쨌든 여기가 캠프나 임시 거처 같은 게 아니라는 건 퀘스트가 완료됨으로써 확실해졌다.

'그리고 보니 구울에게 쫓겨 다니며 살았다고 했었지.'

정착 생활을 하지 않는다면 건물을 세울 시간도 여력도 없었으리라.

"두프르프! 두프르프! 이 정신 나간 늙은이야! 어딜 쏘다니다 이제 왔단 말인가!!"

부락 안에 들어서자마자 검은 수염의 드워프가 호들갑을 떨며 두프르프에게 다가왔다.

"살아 있어서 다행이네, 그려! 구울의 먹잇감이 된 줄 알았지 뭔가!!"

"나는 무사하네. 그리고 지금 내가 무사한 게 중요한 게 아니야."

두프르프는 검은 수염 드워프에게 엄숙히 선언했다.

"마을의 모두를 불러 모으게."

"으, 응? 마을 사람들 전부 말인가?"

검은 수염 드워프는 내 눈치를 힐끔힐끔 보며 두프르프에게 물었다.

"그보다 두프르프, 그 이방인은 누군가?"

"말조심하게!"

두프르프가 신경질적으로 소릴 빽 질렀다. 갑작스러운 두프르프의 히스테릭한 반응에 검은 드워프는 움찔 놀랐다.

"이분께서는 우리 마을의 구세주가 되실 분일세."

"구, 구세주?"

검은 수염 드워프가 눈을 휘번득 떴다.

"그래. 내가 아주 무리해서 모셔왔단 말이야. 그뿐만이 아닐세! 이 늙은이가 저 황야를 살아서 가로질러 온 게 이상하지 않나? 이상하게 여겨야 정상이지. 자넨 정상인가?"

"나야 정상이네만. 두프르프, 자네보다야 정상이지."

두프르프의 두서없는 말에 검은 수염 드워프는 진저리를 치며 그에게서 떨어졌다. 그리고 내 눈치를 다시 한번 보더니, 커흠 하고 목을 가다듬곤 내게 말을 걸었다.

"…귀하께서 정말로 저희의 구세주이십니까?"

귀하라. 드워프들은 꽤나 고풍스러운 말투를 쓰는군. 나는 조금 장난기가 돋아, 턱을 좀 매만지며 생각하는 척을 하다가 이렇게 말했다.

"아닐세."

"허어!"

검은 수염 드워프는 통탄을 하다가 두프르프를 보곤 호통 쳤다.

"아니라잖은가!"

"말조심하게, 무례한 것!! 높임말을 쓰게!!"

두프르프는 다시 한번 꽥 하고 소릴 쳤다.

"이봐! 무슨 일이야!!"

이렇게 시끄럽게 떠들었는데, 아무도 안 나오면 그것도 그것대로 문제였다.

아나나 다를까, 안쪽에서 회색 수염의 드워프가 기어 나왔다.

다른 드워프들도 구덩이에서 기어 나와 이쪽으로 시선을 던지며 수군거리고 있었다. 그 숫자가 20은 넘지 않아 보이니, 부락으로서도 상당히 소규모라 할 수 있겠다.

"아, 아니! 여기 이리 좀 나와보게! 두프르프가 돌아왔는데……."

회색 수염의 드워프를 본 검은 수염 드워프가 반갑게 소리를 질렀다. 그와 반대로, 두프르프는 혀를 차며 말했다.

"흥, 이제야 기어 나왔군."

"두프르프! 명도 질긴 늙은이! 어떻게 살아 돌아왔나!!"

회색 수염의 말은 독설적이었지만, 아이러니하게도 그 표정엔 반가움이 가득 차 있었다. 그러나 그런 회색 수염에게도 두프르프는 차갑게 고개를 저으며 잘라 말했다.

"내가 살아 돌아온 게 중요한 게 아닐세!"

"아니, 산 사람은 살아야지. 왜 그게 안 중요해?"

어이없어하는 회색 수염의 반응에도 두프르프는 태도를 바꾸지 않았다. 아무래도 이대로 두면 똑같은 이야기가 반복될 것 같아서 나는 두프르프의 어깨에 손을 짚었다.

"두프르프."

"예, 이진혁 님."

두프르프는 내게 공손히 고개를 숙였다. 그러자 주위의 수군거림이 훨씬 심해졌다.

"저 미친 두프르프가 사람처럼 구네?"

"저 이방인은 누구기에 두프르프가 저러는가?"

"멀리서 들었는데, 우리의 구세주가 되실 분이라던데?"

"구세주?"

다시 한번 두프르프가 발끈하려는 것이 어깨에 짚은 손을 통해 느껴졌기에, 나는 살짝 힘을 주어 그를 막았다.

"난 너희들의 구세주가 아니다. 그저 난 한 가지 부탁을 받고 여기까지 왔을 뿐이지."

내가 입을 열자, 수군거림이 뚝 그치고 침묵에 휩싸였다.

"서, 설마……. 그 부탁이라는 게……."

주저주저하다가, 검은 수염 드워프가 대표 격으로 나서서 입을 열었다.

"그렇다!"

두프르프가 소릴 꽥 질렀다.

"두프르프."

"죄송합니다, 이진혁 님. 감정에 북받치는 바람에 그만……."

아직 이 자리에서 두프르프가 내게 어떤 부탁을 했는지에 대해선 단 한 글자도 제대로 발언된 적이 없다. 그러나 이 자리의 모든 드워프들은 충혈된 눈으로 나를 쳐다보고 있었다. 그 시선에서 강렬히 느껴지는 감정의 이름은 바로 갈망이었다.

이들은 그렇게도, 말 그대로 꿈에도 그릴 정도로 원하는 것이리라.

*   *   *

내가 뚜벅뚜벅 드워프 부락으로 걸어 들어가자, 모든 드워프들의 시선이 내게 몰렸다.

"여기가 좋겠군."

부락의 한가운데, 광장이라고 부르기엔 좀 좁지만 뭐 일단 마을 광장이라고 할 만한 곳에 도착한 나는 적당히 좌표를 잡고 캠프파이어 스킬을 사용했다.

"여기서 불이 안 피워지면 참 곤란할 텐데."

화르륵.

그러나 만약의 일은 일어나지 않았고, 캠프파이어 스킬은 정상적으로 작동했다. 불꽃이 피어올랐고, 소란스러웠던 드워프 부락은 금세 정적 속에 빠져 버렸다.

"부, 불이야!"

정적을 누군가의 외침이 깼다.

"불이야? 진짜 불이야?"

"환상이 아니고 진짜 불?"

아직 불의 존재를 믿지 못한 이들이 웅성거리는 와중에 회색 수염의 드워프가 무서운 표정으로 다가오더니 불 속에 손을 쑥 넣었다.

"앗, 뜨거!"

아니, 미친. 불 속에 손 넣으면 당연히 뜨겁지. 내가 황당해

하는 와중에, 다른 드워프들이 함성을 지르기 시작했다.

"뜨겁단다!"

"진짜 불인가 보다!"

"와아아아!!"

그러더니 너도 나도 할 것 없이 불 쪽으로 와 손을 쑥쑥 집어넣기 시작했다. 이것들이 단체로 미쳤나?

"으악! 진짜 뜨겁다!"

"우하하하! 화상, 화상이다!!"

"이거 부풀어 오른 거 봐! 진짜 화상이야!!"

단체로 미친 게 맞나 보네. 나는 미친 드워프들에게 더 이상 참견하지 않기로 하고 뒤로 물러나 완료된 퀘스트의 보상을 확인했다.

금화 10개. 보너스를 받아 20개. 기여도도 20. 음, 쏠쏠하다.

[퀘스트]

─의뢰인: 크리스티나

─종류: 관계

─난이도: 안전

─임무 내용: 방랑 드워프들과의 우호도를 올려라!

─목표치: 50

─보상: 금화 40개(+100%), 기여도 40(+100%)

게다가 연계 퀘스트가 떴다.

"구세주시여!!"

그때, 검은 수염 드워프가 나를 향해 소리를 꽥 질렀다. 그러더니 팔다리를 쫙 펴고 땅바닥에 몸을 던졌다.

"이 어리석고 무지몽매한 자의 무례를 부디 용서하소서!!"

푸다닥.

마치 개구리가 뻗은 것처럼, 검은 수염이 그 자리에 뻗었다. 낙법도 안 치고 몸을 던지니 저렇게 되지. 내 참. 그러나 나에겐 혀를 찰 시간도 주어지지 않았다.

아니, 왜 저러지?

그러나 놀랄 일은 이걸로 끝나지 않았다.

"으어어, 으어어⋯⋯."

구울처럼 신음 소릴 내던 회색 수염 드워프가 갑자기 눈물을 펑펑 쏟으며 내 앞에 엎드려 절을 하는 게 아닌가?

"감사합니다⋯⋯. 감사합니다⋯⋯!"

울먹거리면서 하는 소리라 잘 알아듣기도 힘들었지만, 어쨌든 내게 감사를 표하고 있다는 것만은 알아들을 수 있었다. 그리고 그것은 회색 수염 드워프만이 한 짓은 아니었다. 다른 드워프들도 섧게 울며 내게 절을 하기 시작했다.

심지어 두프르프마저도 말이다.

"감사⋯⋯. 감사합니다⋯⋯. 이것밖에 드릴 말씀이 없습니다⋯⋯."

그렇게 드워프 부락이 울음바다가 된 가운데 곤혹스러운 마음으로 혼자 서 있으려니.

띠링.

시스템의 알림 메시지가 떴다.

─방랑 드워프들의 우호도가 255 상승했습니다.
─방랑 드워프들과 [확고한 동맹] 관계가 되었습니다.

이것만으로? 하기야 불을 피워주는 것만으로 '구세주'라고 했으니, 단번에 우호도가 급상승해도 이상한 일은 아니다.

─퀘스트 완료! 보상을 지급합니다. 인벤토리를 확인하십시오.
─퀘스트 완료! 보상을 지급합니다. 인벤토리를 확인하십시오.
─퀘스트 완료! 보상을 지급합니다. 인벤토리를 확인하십시오.

그런데……. 이게 뭐지? 왜 퀘스트 완료가 세 개나 떠 있어?

뭐, 확인해 보면 되지. 내가 막 시스템 메시지를 확인하려던 때였다.

울음바다가 된 드워프들 사이에서 두프르프가 분연히 일어나더니 웅변조의 목소리로 이렇게 외쳤다.

"이보게들, 이진혁 님께선 우리에게 불을 피워주셨네. 그뿐만이 아니라 우리의 원수인 구울 무리도 처치해 주셨지!"

애가 갑자기 왜 이러지? 그러나 듣기 나쁘진 않았기에 나는 잠자코 놔뒀다. 퀘스트 완료 메시지에 대해서는 나중에 다시 알아봐야겠군.

"그렇다면 우리도 이진혁 님께 뭐라도 해드려야 하는 것 아닌가!"

두프르프가 계속해서 주장했다.

그래, 맞다! 보상! 퀘스트 보상 말고!! 너희들도 줘야지!!

나는 내심 생각했지만 그냥 조용히 앉아만 있었다.

"우리의 특기를 살려 보은하고 싶은 마음이야 나도 굴뚝같네만, 지금 우리가 뭘 할 수 있단 말인가?"

두프르프의 말을 받은 건 회색 수염이었다.

"쇠를 내리칠 망치와 모루도 구울들로부터 도망치는 와중에 다 내버리고 말았지 않은가?"

"명색이 대장장이인데, 모루와 망치를 내버리다니……. 그것도 다 조상으로부터 물려받은 거였는데……."

"우리가 버린 게 비단 모루와 망치뿐이었겠는가? 명예와 신의도 저버렸지! 그저 목숨을 부지하는 데 여념이 없었을 뿐이었네!"

회색 수염의 변명 섞인 한탄에 다른 드워프들도 동조했다. 그러나 두프르프의 눈 속에서 타오르는 불길은 아직 꺼지지 않았다.

"아니, 아직 늦지 않았네. 잃어버린 것은 되찾으면 그만이고, 흩어진 것은 다시 모으면 그만일세! 부러진 신념은 불로써 다시 벼려낼 수 있어!!"

"그게 무슨 소리인가?"

"지금 우리에겐 이진혁 님께서 주신 불이 있네! 쇠만 되찾으면 돼! 그리고 그건 불가능한 일이 아닐세. 되찾으러 가세!!"

뭔가 상황이 묘해지고 있었다. 두프르프의 선동에 다른 드워프들도 하나하나 일어나기 시작했다.

"그래, 맞아. 정말로 구울들이 없다면 우린 잃었던 것들을 되찾을 수 있어."

"설마 구울들이 우리 망치를 가져다 쓰진 않았을 것 아닌가?"

"우리가 버려둔 자리에 그대로 있겠지. 그냥 가져오기만 하면 돼."

"가능하다면 우리 대신 죽은 동포들의 유해도 수습하고 싶군."

누군가의 말에, 불가의 분위기는 순식간에 숙연해졌다.

"…우리가 되찾아야 할 것은 우리의 도구뿐만이 아닐세. 우리는 살아남은 이들이 당연히 져야 할 의무조차 방기하고 있었지. 이제는 그 의무를 이행해야 할 때도 되었네."

두프르프가 그 말을 비장한 목소리로 말했다. 그 말에 기어이 회색 수염도 자리를 박차고 일어났다.

"그런 말까지 듣고 일어나지 않는다면 인의를 저버린 자가 될 것 같군."

"어, 어? 그런가?"

마지막으로 검은 수염까지 다소 당황하는 기색을 숨기지 못하며 일어났다. 이로써 19명의 드워프들이 모두 일어난 셈이 되었다.

"이진혁 님! 부디 저희로 하여금 받은 은혜를 갚을 기회를 주십시오!! 비록 저희가 지금은 무력하나 도구들을 되찾고 이진혁 님께서 주신 불을 이용하면 분명 도움이 될 것입니다!!"

아니, 그걸 왜 나한테 허락을 구하지? 나는 속으로 생각했지만, 실제로 그런 말을 하지는 않았다. 그저 무겁게 고개를 한 번 끄덕여 보였다.

내 고갯짓을 본 드워프들은 마주 고개를 한 번씩 끄덕이더니 결의에 찬 표정으로 외쳤다.

"다녀오겠습니다!"

잘 다녀오라고 해줘야 하나? 약간 고민됐지만 진짜로 말하지는 않았다.

*　　　*　　　*

드워프들은 도망치느라 버린 짐과 동포들의 유해를 챙기러 떠났다.

"그럼 난 퀘스트나 완료할까."

—퀘스트 완료 보상: 금화 40개(+100%), 기여도 40(+100%)

—퀘스트 완료 보상: 금화 60개(+100%), 기여도 60(+100%)

—퀘스트 완료 보상: 금화 100개(+100%), 기여도 100(+100%)

"뭐야, 이거. 보상이 대단한데?"

단번에 금화 200개를 벌었다. 기여도도 마찬가지. 부스터 덕이라고는 하지만 대단한 성과. 문제는 이 금화와 기여도가 왜 들어왔는지 모르겠다는 점이다.

"찜찜한데……."

내가 그렇게 중얼거리며 시스템 메시지를 닫자마자, 크리스티나가 달뜬 목소리로 내게 말을 걸어왔다.

—축하드려요, 이진혁 님! [유망주 연맹원]으로 진급하셨어요!

"유망주?"

일반 다음에는 상급이나 상위 같은 타이틀이 달릴 줄 알았던 내 예상을 살짝 빗겨간 명칭이었다. 뭐 어쨌든 일반 연맹원보다는 더 낫겠지.

—네! 이렇게 빨리 유망주로 진급하신 건 제가 아는 한 이진혁 님이 처음이에요!

"그래?"

크리스티나의 그런 평가에 나쁜 기분은 들지 않았다.

"그런데 아까 퀘스트 완료가 세 번이나 연속으로 뜨던데, 그거 뭐야?"

─아, 그건 우호도 50, 150, 250을 달성할 때마다 퀘스트를 드려야 하는데 이진혁 님이 한 번에 250을 뚫으셔서 발생한 사고예요. 단번에 확고한 동맹이 뜨는 건 쉽게 일어나는 일이 아니라 미처 대응하지 못했어요. 뭐, 따로 대응할 방법이 없기도 했지만요.

"그렇게 된 거군."

혼잣말 비슷하게 중얼거린 거였는데, 크리스티나는 내 말을 호들갑스럽게 받았다.

─물론 제가 퀘스트를 잘못 내드린 덕도 없진 않았지만, 이진혁 님이 정말 빠른 시일 내에 낙오된 인류 사회와의 확고한 동맹을 달성해 스스로의 능력을 증명해 보이셔서 불문에 부쳐졌답니다. 제 진급에도 아무런 영향이 없어졌어요! 정말 감사드려요!!

호들갑스럽게 나오는 이유가 그거였냐. 하지만 이런 속물적인 모습 싫지 않다. 그만큼 솔직하게 나를 대하고 있다는 뜻도 되니까.

─[유망주 연맹원]으로 진급하셨으니, 상점에서 더 높은 등급의 아이템을 구매하실 수 있고 더불어 이진혁 님의 전직을 도와드릴 [직업소개소]에도 접속하실 수 있게 되었답니다!

"링링이 말했던 공짜 전직을 할 수 있는 서비스인가……."

다른 플레이어들은 전직에 많은 자원을 투자해야 한다고 들었다. 금전적인 것에 국한하지 않고, 전직 퀘스트를 수행해야 한다거나 특정 아이템을 구해 와야 한다거나, 하다못해 전직 신청을 넣고 오래 기다려야 한다거나.

돈과 시간, 노력, 때로는 운까지 지불해야 간신히 전직이 가능하다고 그랬다. 튜토리얼에 납치당하기 전에 인터넷으로 지나가면서 본 바로는 말이다.

그래서 링링이 '기여도를 쌓으면 공짜로 전직할 수 있다'는 말을 들었을 때는 사실 좀 의심했었다. 아무래도 너무 파격적인 서비스였기에.

—뭐, 정확히 말하면 공짜는 아니지만요. 전직에 드는 비용을 연맹에서 부담해 주는 형식이에요. 유망주로 올라오셨기에 가능한 일이죠.

하지만 크리스티나도 내 혼잣말을 정면으로 부정하지 않는 것으로 보아, 링링이 거짓말을 한 건 아닌 것 같았다.

유망주라는 단어에서 알 수 있는 건 이 인류연맹이라는 단체가 날 성장시키려고 한다는 점이다. 아니, 그거야 이미 알고 있었지만. 좀 더 확실해졌다고나 할까.

인류연맹의 목적이 뭔지는 아직 모르겠지만, 아무튼 이 무료 전직은 내 성장에 투자해 주는 개념으로 받아들여도 될 듯했다.

"이용할 수 있는 건 이용해야지……."

—아, 직업소개소를 이용하시겠어요? 담당자를 불러 드릴게요!

　내 혼잣말을 듣고 크리스티나가 멋대로 반응했다.

　아, 혼잣말하는 버릇도 없애야 하는데.

　어쨌든 레벨 업 마스터의 화면에서 크리스티나의 모습이 사라지고, 그 대신 허름한 사무실이 나타났다. 그리고 금테 안경을 쓴 까칠해 보이는 인상의 아가씨가 안경을 밀어 올리는 동작과 함께 내게 말을 걸었다.

　—연맹의 새로운 유망주시로군요. 환영합니다. 저는 레벨 업 컨설턴트, 주리 리라고 합니다.

Chapter 4

주리 리는 척 보기에 크리스티나나 링링과 다르게 매우 차분한 성격으로 보였다.

백금빛으로 반짝이는 머리칼을 단발로 깔끔하게 다듬어 올린 것이나 짙지 않은 화장, 단정한 정장 모습에서 빈틈을 찾아보기 힘들었다.

'혼혈이려나?'

머리칼 빛깔과 대비되는 새카만 눈동자도 그렇지만, 이름이나 얼굴 조형에서도 동서양의 혼합이 느껴졌다.

─직업소개소에 처음 방문한 유망주시라면 인류연맹에서 특별한 지원을 받으실 수 있습니다. 인벤토리를 확인해 보시

는 건 어떨런지요?

나는 고개를 끄덕이고 주머니에 손을 밀어 넣어 인벤토리를 활성화시켰다. NEW! 표시와 함께 반짝이는 아이콘의 모습이 보였다.

─인류연맹 직업소개소에서 보내온 선물: 능력치 보너스 10

아이콘을 선택해 풀어보니 내 잔여 미배분 능력치가 10 오르는 것이 보였다.

"오, 이건……."

─그 선물이 도움이 되었으면 좋겠군요. 바로 전직을 하시겠습니까?

주리 리는 아주 옅은 미소만을 지은 채 내게 제안했지만, 나는 바로 고개를 저었다.

"아니, 잠깐만. 좀만 있다가 다시 올게."

직업소개소에서 나온 나는 바로 상점으로 향했다. 실제로 간 건 아니고 레벨 업 마스터의 아이콘을 터치한 것이지만 어쨌든.

"링링!"

─네, 고객님!

내 부름에 링링이 튀어나왔다.

"[행운] 능력치가 얼마라고 했지?"

뽑기를 돌릴 시간이다!

*　　　　　*　　　　　*

[행운 Luck]

─이 능력치는 시스템상의 무작위 결괏값을 플레이어 본인에게 유리하게 하는데 도움이 됩니다. 이 능력치를 올림으로써 실제로 정해진 운명이 뒤바뀌거나 하지는 않습니다. 애초에 이 세계에 운명이라는 건 존재도 하지 않지만요. 어쨌든 시스템상의 결괏값 외에도 '운이 좋아진 것 같은 기분'이 들게 하는 데 도움이 될 겁니다. 행운을 빕니다!

충격적이다. 아니, 어떤 의미로는 예상은 했다.

"내 행운이 2였다니……."

나는 링링에게서 행운 능력치를 금화 50개 주고 사고, 추가로 행운을 장비할 능력치 슬롯을 샀다. 금화 25개짜리 슬롯은 기간제라서 무제한 슬롯을 사기 위해 금화 50개를 썼다. 행운 능력치를 이번에만 쓰고 버릴 건 아니니까 말이다.

새로 산 슬롯에 행운 능력치를 끼워보자, 내 행운이 수치화되면서 출력되었다.

그 결과가 2.

보통 평균 능력치가 5니, 나는 다른 플레이어의 절반도 안

Chapter 4 119

되는 행운 수치를 가지고 있었다는 의미다.

하긴 이랬으니 튜토리얼에서도 혼자 낙오됐지.

아니, 튜토리얼 이야기만이 아니다. 한국에 있을 때부터 내 운은 별로 안 좋은 편이었다. 지금은 잘 기억도 안 나지만, 운이 좋았다는 기억은 더욱 안 난다. 오죽하면 내가 링링이 제안한 뽑기에 그렇게 히스테릭하게 반응했을까. 그건 내 성격 탓이 아니라 경험 탓이다!

그리고 지금도 나는 행운이 2인 상태다. 이 상태로 무작위 스킬 뽑기권을 써봤자 일반 스킬 다섯 개만 튀어나올 게 뻔했다.

그러므로 나는 내 행운을 조금 올려줄 필요를 느꼈다.

튜토리얼에서 기본 레벨을 올려봤자 모든 능력치는 랜덤으로 올라갈 뿐, 내가 자의적으로 배분할 수 있는 능력치 포인트는 단 1도 주어지지 않는다.

그러나 다행히 내겐 인류연맹에서 받은 선물이 있다.

배분 가능한 능력치 10.

나는 이걸 전부 행운에 배분했다.

행운: 12

그리고 나니 평범한 사람의 두 배 정도 운이 좋은 사람이 되었다.

"기분이 좀 나아지는군."

심호흡을 한 번 한 후, 인벤토리를 열었다. 딱 보기엔 무조건 슈퍼 레어 스킬이 나올 것만 같은, 반짝이는 무작위 스킬 뽑기권의 모습이 보였다.

"진짜 슈퍼 레어 스킬이 나오면 그 스킬에 맞는 직업으로 전직해야지."

1% 확률에 거는 게 얼마나 어리석은 짓인지 잘 알고 있으면서도, 나는 저격 뽑기를 하는 게이머의 심정으로 중얼거렸다.

"믿는다, 행운!"

나는 뽑기권을 클릭했다. 그러자 룰렛이 하나 뜨더니, 드르르륵 소릴 내며 돌아가기 시작했다. 눈을 감는 편이 나을까? 아니, 아직 첫 룰렛일 뿐이다. 나는 숨을 삼킨 채 룰렛이 돌아가는 것을 바라보았다.

그리고 룰렛이 멈췄다.

[강태]

"겹쳤잖아!"

노멀 스킬인 건 둘째 치고, 이미 갖고 있는 스킬이었다. 심지어 튜토리얼에 들어와서 처음 배우는 것이나 마찬가지인 스킬. 어디다 팔려고 해도 줘도 안 갖는 스킬일 정돈데 팔리겠는가? 절대 나쁜 스킬인 건 아니지만 너무 흔하다!

"최악이군."

나는 혀를 찼다. 그런데 이상한 일이 벌어졌다. 내 인벤토리에 자동으로 들어온 [강타] 스킬 북이 반짝반짝 빛나더니, 처음 보는 문구가 눈앞에 떠올랐다.

—동일 스킬을 복수 소유하고 계십니다: [강타]
—[강타]를 강화하시겠습니까?

"강화?"

어디다 내다 팔 수도 없는 스킬. 밑져봐야 본전이라는 생각에, 나는 [YES]를 클릭했다.

—강화 확률은 100% 입니다. 강화에 사용된 스킬 북은 사라집니다.
—정말로 강화하시겠습니까?

"YES! YES! YES!!"

100%라는데 거리낄 게 없었다. 내가 강화를 허용하자, 스킬 북이 사라지더니 대신 내 스킬창이 떴다.

[강타 Smash]+1

—등급: 일반(Common)

—숙련도: S랭크

—효과: 다음 공격의 근력 보정 550% 추가(+10%)

원래 500%였던 강타의 근력 보정이 550%로 증가했다.

"오, 이건……. 괜찮은데?"

안 그래도 내 주력 스킬인 강타다. 10%긴 하지만 더 강력
한 일격을 퍼부을 수 있게 되었다는데, 나쁠 건 없었다. 살짝
가라앉았던 기분이 다시금 고양되었다.

"다음!"

생각했던 것보다 괜찮은 성과에, 나는 연속해서 뽑기권을
돌렸다.

[강타]

[강타]

[강타]

강타가 연달아 세 개나 나왔다. 이건 운이 좋은 건가, 나쁜
건가? 솔직히 잘 모르겠다.

그렇게 나온 스킬 북을 모조리 강화에 돌렸더니, 전부 성공
했다. 강화에 실패할 확률도 좀 있었는데 다 뚫고 성공한 걸
보니 이건 운이 좋은 게 맞다.

[강타 Smash]+4

─등급: 일반(Common)

─숙련도: S랭크

─효과: 다음 공격의 근력 보정 1,000% 추가(+10%)(+20%)
(+30%)(+40%)

단순 계산으로 강타의 위력이 두 배가 된 셈이다.

"나쁘진 않은데 납득은 좀 안 되네."

레어 스킬이 나올 확률이 10%는 되는데 일반 스킬인 강타
만 네 개라니.

사실 단순 계산으로는 10번은 돌려야 레어 스킬이 하나 뜰
확률이니 이게 맞는 건지도 모른다. 그래도 이래서야 행운에
몰빵 한 보람이 없지 않은가?

그러나 다음 뽑기 결과에 나는 내 생각을 수정할 수밖에
없게 되었다.

[초절강타 Super Smash]

─등급: 매우 희귀(Super Rare)

─숙련도: F랭크

─효과: 다음 공격의 근력 보정 1,000% 추가

"오……."

1% 확률을 뚫고 슈퍼 레어 스킬이 나왔으니, 운이 좋았다. 그런데 그보다…….

"아니, 4강 강타랑 초절강타 F랭크랑 효과가 같잖아?"

계륵이다! 계륵이 나타났다!!

똑같은 강타 2개를 동시에 장전할 수 없다면, 두 개나 스킬을 갖고 있을 이유가 없었다. 그런 의미에서 아무리 슈퍼 레어라지만 나에겐 쓸모없는 스킬일 수밖에 없었다.

"팔면 되나……?"

그래도 슈퍼 레어인데 좋은 값을 쳐주겠지. 그렇게 생각한 나는 초절강타를 매각할 생각을 하고 있었다. 이 메시지가 뜨기 전까지는.

―동일 계열 스킬을 2개 이상 소유하고 있습니다.

―[강타], [초절강타]

―동일 계열 스킬은 서로 합성시킬 수 있습니다. 합성하시겠습니까?

[주의!] 합성에 사용한 스킬은 다시 얻을 수 없습니다.

"합성?"

이 시스템, 은근히 있을 건 다 있었다.

[스킬 합성]

―동일 계열의 스킬 2개를 합성하여 [합성 스킬]을 얻을 수 있습니다.

―스킬명과 등급은 더 높은 등급 쪽을 따라갑니다.

―숙련도는 더 높은 숙련도인 쪽을 따라갑니다.

―강화 단계 또한 더 높은 쪽을 따라갑니다.

설명만 읽어봐도 합성을 안 할 이유가 없었다. 합성에 한 번 사용한 스킬을 다시 얻을 수 없다는 주의 사항이 뜨긴 했지만, 아무렴 초절강타가 있는데 강타를 다시 얻고자 할 일이 있을까? 그보단 초절강타를 지금 당장 사용할 수 있는 상태로 만드는 게 더 중요했다.

그러므로 나는 별로 망설이지 않고 곧장 [YES]를 눌렀다.

―합성 성공 확률은 100%입니다.

―정말로 합성하시겠습니까? 합성하는 데는 스킬 포인트 12가 필요합니다.

아, 역시 공짜는 아니로군. 그런데 금화도 아니고 기여도도 아니고 스킬 포인트 12라. 나는 상태창을 열어 내 잔여 스킬 포인트를 힐긋 보았다. 999+. 적어도 표기상으로는 조금도 줄어들지 않았다.

문제 없군. 좋아, 합성한다.

"YES!"

그리고 그 결과.

[초절강타 Super Smash]+4

—등급: 매우 희귀(Super Rare)

—숙련도: S랭크

—효과: 다음 공격의 근력 보정 10,000% 추가(+100%)

"히익!!"

앉은 자리에서 강타가 20배로 강해졌다! 이 정도 위력의 강타라면 블랙 드래곤조차 일격에 보낼 수 있을지도 모른다. 그렇게 생각하니 절로 가슴이 뛰었다.

"역시……. 행운은 높고 볼 일이군!!"

그래 봐야 고작 12이지만, 나는 내 행운을 찬양했다.

*　　　*　　　*

"그런데……. 전직은 어떻게 하지?"

뽑기를 돌려서 슈퍼 레어 스킬이 나오면 그 스킬에 맞는 클래스로 전직을 할 생각이었는데, 강타만 초절강타가 된 셈이니 결과적으로는 조건이 바뀐 게 없었다.

줄곧 전직을 하고 싶어 하긴 했었지만, 정작 생각해 둔 클래스는 없었다. 어떤 클래스로 전직해서 뭘 해야지, 라는 생각 자체를 해본 적이 없었다. 일단 튜토리얼에서 나오는 것 자체가 최대의 목표였지, 그 뒤의 일은 별로 떠올리질 않았다.

이럴 땐 혼자 생각하는 것보다는 누구 조언이라도 받는 게 좋겠지.

"도와줘요, 컨설턴트!"

그러므로 나는 전문가인 주리 리의 컨설팅을 받기로 했다.

─어떤 직업으로 전직해야 할지 고민하고 계십니까? 저 레벨 업 컨설턴트 주리 리의 본업은 유망주님의 그 고민을 상담해 드리는 것입니다.

오, 든든하다! 별로 자신만만해하지는 않지만 평소에 하던 일이라는 듯 무심한 목소리가 신뢰감을 부여해 준다.

─일단은 능력치에 걸맞은 직업을 소개하는 것이 기본입니다. 자, 그럼 유망주님의 기본 능력치를 여기 기입해 주십시오.

맞는 말이다. 납득한 나는 주리 리가 내민 양식에 맞춰 내 능력치를 기입했다.

근력: 50

강건: 50

민첩: 50

솜씨: 50

직감: 50

반 이상 깎아서.

사실 내 능력치가 갓 졸업한 플레이어답지 않게 높다는 건 인지하고 있었다.

그야 그렇지. 다른 사람은 아무리 높아봐야 40레벨을 찍고 졸업하는 튜토리얼을 00렙까지 올려서 힘 100의 문이라는 비정상적인 수단으로 탈출했으니.

애초에 능력치가 제대로 표기조차 안 될 정도니, 누가 보면 치트라도 쓴 줄 알 것이다.

그래서 적당히 깎았다. 이 정도면 정상적으로 보이겠지, 싶은 수준으로.

뭐, 이걸로 큰 문제는 없겠지?

나는 확인 버튼을 누르고 주리 리가 확인하길 기다렸다.

—…유망주님, 능력치를 정확히 적으셔야 제가 제대로 된 답을 드릴 수 있습니다.

*   *   *

내가 낸 능력치를 확인한 주리 리는 바로 태클을 걸어왔다.

"아, 아닌데?! 이게 정확한데?"

말을 더듬고 말았다. 목소리도 떨렸다. 젠장, 역시 난 거짓말을 하는 데 소질이 없다. 거짓말하는 스킬이라도 사서 배워야 하나?

주리 리의 표정이 흔들렸다. 아주 잠깐, 미간에 알아볼 수 없을 정도로 미세한 주름이 생긴 것 같았다. 너무나도 명백히 거짓말을 하는 날 보고 화라도 난 거겠지. 분명 그렇겠지. 이걸 어떻게 수습하지?

그러나 곧 신색을 회복한 주리 리는 평소와 똑같은 말투로 내게 이렇게 말했다.

―저는 농담을 좋아하지 않습니다, 유망주님.

말투야 평탄했지만, 그 내용은 별로 그렇게 들리지 않았다. 주리 리는 아무래도 내가 자기를 놀리고 있다고 생각하나 보다.

―갓 튜토리얼을 졸업한 플레이어의 평균 능력치는 12입니다. 아무리 높은 레벨로 졸업했다고 해도 능력치 하나가 50에 달하는 것이 보통입니다. 이조차도 보통 사람의 10배 이상의 능력치로 충분히 훌륭하고 대단합니다만.

그렇게 반론하면서도 표정과 목소리에 거의 변함이 없는 게 프로답게 보여 인상적이었다. 아니, 잠깐. 졸업 시 평균 능력치가 12라고? 그게 가능한 건가? 라고 생각하자마자 아, 그렇구나. 하는 깨달음도 같이 찾아왔다.

일반적으로 튜토리얼 커리큘럼은 아무리 늦어도 20레벨이면 졸업할 수 있을 정도로 구성되어 있다. 그리고 레벨당 성장하는 능력치는 20레벨까지는 레벨당 1씩. 5종류의 기본 능력치에 20의 능력치가 배분되면 그 평균은 기껏해야 9다.

—모든 능력치가 50에 달한 채로 졸업하는 건 그 어떤 고유 특성을 지닌 플레이어라 해도 불가능합니다.

즉, 결론은 이거였다.

"아, 내가 너무 높게 적었구나."

꿈틀.

다시 한번 주리 리의 표정이 잠깐 흔들렸다. 이번엔 이마에 핏줄도 살짝 돋았던 것 같다. 아주 잠깐. 그러나 금세 평소 상태로 돌아온 주리 리의 프로 의식은 존경할 만한 것이라고 나는 생각했다.

"그럼 하는 수 없지. 어쨌든 전부 50인 상태라고 생각하고 답해줘."

내 말에 주리 리는 검은 눈동자를 두 번 깜박였다.

—…진심이십니까?

"다른 방법이 없잖아."

—그렇다면 일단 이것을 확인해 주십시오.

레벨 업 마스터의 화면에 확인창이 떴다.

—잘못된 능력치 기입으로 인해 상담 내용에 오류가 발생할 경우, 본 컨설턴트는 해당 오류로 인한 문제에 대해 책임을 질 수 없습니다.

나는 확인 버튼을 눌렀다. 그러자 주리 리는 짧게 한숨을
쉬었다.

—알겠습니다.

*   *   *

전직 가능 직업: [초무투가(Super Fighter)]

—초무투가는 극한까지 육체를 단련한 끝에 깨달음을 얻은 자
들입니다. 그 깨달음이란, 어떤 전설적인 무기들보다도 자신의 육
체가 더 강인하다는 것이었습니다. 자신의 육체 그 자체를 무기 삼
아 싸우는 초무투가로 전직하기 위해서는 특별한 무기나 방어구,
아이템 같은 것은 필요 없습니다. 필요한 것은 단 하나. 극한까지
단련된 육체입니다.

—필요 능력치: 모든 기본 능력치 50 이상

초무투가라는 직업으로 뭘 할 수 있는지 보여주려는 건지,
주요 스킬의 모습이 동영상으로 재생되고 있었다.

"와, 손에서 빔이 나가네."

그냥 무투가가 아니라 초무투가라 그런지 손가락 끝에서
빔이 나가거나 손바닥 위에 원반을 띄워 던지거나 양 손바닥
을 펼쳐 두꺼운 빔 포를 쏘거나 하고 있었다. 종국에는 온몸

에 기를 끌어 올리더니 주변을 전부 폭발시켜 버리는 호쾌한 기술도 보여주었다.

"끌리긴 하네."

─전직하시겠습니까?

시스템이 내게 물어왔다. 나는 곧장 고개를 저었다.

"아니."

끌리긴 하지만 내 스타일은 아니다. 더 괜찮은 클래스가 있지 않을까 싶기도 하고.

적어도 지금 당장 결단을 내릴 필요는 없어 보였다.

휴대폰을 사더라도 한 달은 고민하는 게 내 성미다. 앞으로 내 인생을 좌우할지도 모르는 직업 선택인데, 하나만 보고 곧장 전직을 선택할 수 있을 리는 없다.

그렇다고 전직을 휴대폰 고르듯 한 달 동안이나 고민할 생각은 없지만 말이다. 최대한 빨리 전직해서 다시 레벨 업을 재개하고 싶은 마음도 굴뚝같다.

그렇다면 중도를 걷는다. 일단 오늘 내로 결정을 하긴 할 생각이고, 그 전까지는 생각 좀 해봐야겠다.

─……

그래서 다른 직업에 대해 물어보려고 다시 레벨 업 마스터를 보니, 주리 리가 놀란 토끼 눈을 뜨고 날 보고 있었다.

─갓 유망주로 올라선 연맹원이 초무투가로 전직이 가능하다…… 컨설턴트 생활이 긴 편은 아니지만 처음 목격했습니다. 무례를 저지른 것에 대해 사죄드립니다. 유망주님.

　주리 리가 그 자리에서 내게 엎드려 절하며 사죄를 구했다.

　"그렇게까지 할 필요는 없는데."

　나는 대충 넘기려 들었지만, 주리 리는 쉽게 고개를 들지 못했다.

　─아닙니다. 제가 연맹의 유망주님을 너무 얕봤습니다. 특별 등급 이상의 고유 특성을 지니고 무리난제급의 고유 퀘스트를 해결하신 분을…… 50이 아니라 그 이상이라도 이상하지 않을지도 모르겠군요. 제가 지나치게 고정관념에 사로잡혀 있었습니다.

　아니, 그 고정관념 크게 틀린 건 아닌데. 누가 튜토리얼 세계에서 00레벨 찍고 나오는 미친 짓을 또 하겠어? 이건 고유 특성이나 고유 퀘스트의 영역을 떠난 문제다.

　그러나 튜토리얼 정규 커리큘럼을 졸업하지 않았다는 사실을 밝히기 싫었던 나는 실상을 주리 리에게 설명할 마음은 없었다. 그보단 빨리 이 화제를 넘겨야겠다는 생각이 먼저 드네.

　"됐어, 됐어. 난 괜찮으니까. 그보다 내게 어울리는 직업에 대한 이야기를 하자."

　─…사죄를 받아주셔서 감사합니다.

그제야 주리 리는 고개를 들었다. 아직 그 아름다운 얼굴에는 핏기가 가셔 있어 그녀가 완전히 충격에서 벗어나지 못했다는 것을 알 수 있었다.

—직업 선택에 대한 상담은 일반적으로 희망하는 직업을 듣기보다는 적성을 기준으로 적절한 직업을 추천하는 방식으로 진행하는 경우가 많습니다만, 유망주님의 경우에는 희망 쪽으로 무게 추를 둬도 괜찮을 것 같습니다.

그러나 목소리만큼은 평소대로였다. 아니, 오히려 평소보다 힘을 준 목소리로 주리 리는 내게 이렇게 발언했다.

—유망주님께서는 뭐든지 하실 수 있으니까요.

뭐든지라.

여기에서 '뭐든지'는 '어떤 1차 직업이든'이라는 의미겠지만, 뭐 어쨌든 들어서 기분 나쁜 소리는 아니다.

나는 씨익 웃었다.

*　　　*　　　*

내가 직업을 고르기까지는 정말 오랜 시간이 걸렸다.

주리 리로부터 세 자릿수에 달하는 직업에 관한 설명을 듣고 비교판단 했으니까. 혹시나 몰라서 초무투가보다도 요구 능력치가 더 높은 직업이 있는지 주리 리에게 물어봤더니, 그녀의 대답은 심플했다.

—말씀드렸잖습니까? 유망주님께서는 뭐든지 하실 수 있습니다.

1차 직업 중 내 능력치로 전직이 불가능한 직업 따위는 없었기에, 결국 나는 모든 1차 직업의 설명을 들을 수밖에 없었다.

그중에서 뭐가 더 내게 맞는지 고민을 거듭한 결과, 내가 고른 직업은 바로 이것이었다.

[반격가(Counter Striker)]
—반격가는 자신을 향한 적대적 행위에 대해 정당한 응보를 가하는 것이야말로 정의라고 생각하는 이들입니다. 반격가의 반격 대상은 물리적 공격뿐만이 아니라 마법, 저주, 그 외의 초능력과 초상능력도 포함됩니다. 반격가가 궁극적으로 추구하는 것은 [후의 선(後의 先)]으로, 적의 공격이 시작되기도 전에 반격으로 제압하는 것을 뜻합니다. 당연하게도 그 궁극은 초월적 영역에 놓인 것으로, 차라리 예지에 가깝다고도 일컬어집니다. 반격가로 전직하기 위해서는 초월자급의 직감을 필요로 합니다.
—필요 능력치: 직감 50 이상

반격가의 소개 영상으로 스킬 몇 개를 보여줬는데, 자기보다 덩치가 큰 오우거나 와이번의 공격을 막고 던지는 거야 그렇다 치지만 저격수의 흉탄이나 마법사의 화염 폭발을 반격해

되돌려주는 게 너무나도 인상적이었다.

솔직하게 다소 충동적으로 고른 면이 없지 않았다. 사실 나는 마법사 계열을 생각하고 있었으니까. 1 : 1 공격 기술로 는 이미 [초절강타]를 갖고 있었지만 전술적으로는 광역 공격 기가 부족했기에 그렇게 생각했던 건데…….

직감: 99+

내 직감이 반격가에 꽂혀 버린 이상 어쩔 수 없다. 직감을 무시했다가 당하는 건 튜토리얼에 혼자 남겨지는 것으로 족 하다.

—정말로 반격가로 전직하시겠습니까?

다행히 반격가로 전직하는 데는 별다른 무장이나 아이템, 퀘스트 조건이 필요하지는 않았다.

마법사 계열은 대부분 값비싼 지팡이나 수정구, 마법서 따 위를 요구했으니.

물론 레어 장비 대여권이 있으니 그걸 쓰면 해결되는 문제 긴 했지만 공짜도 아닌 대여권을 당장 전직하자고 소모해 버 리는 것도 꺼려졌다.

나는 왼쪽 눈을 깜박여 전직을 확정했다.

—반격가로 전직하셨습니다.

직업: 반격가
레벨: 1
경험치: 0%

상태창에 새로운 창이 새로 생기고 반격가로서 얻은 새로운 스킬들이 떴다.

[간파 Penetration][패시브]
—등급: 희귀(Rare)
—숙련도: 연습 랭크
—효과: 적의 공격을 간파한다. 직감 능력치에 따라 확률이 증감한다.

[막고 던지기 Counter Slam]
—등급: 희귀(Rare)
—숙련도: 연습 랭크
—효과: 적의 공격을 막고 던진다.

스킬 포인트가 남아도니 바로바로 랭크를 올리고 싶지만,

그러려면 일단 숙련치를 쌓아야 한다. 문제는 스킬들이 다 반격기라 숙련치를 올리려면 적의 공격이 필요하다는 점이었다.

"이럴 줄 알았으면 구울들 몇 마리는 남겨둘 걸 그랬나."

혼잣말을 하면서도 헛소린 걸 알았다. 애초에 구울들을 다 잡았기에 공적치 500에 도달했고 레벨 업 마스터의 전직 기능을 열 수 있었던 거니까.

한숨을 푹 내쉰 후, 나는 주머니에 레벨 업 마스터를 쑤셔 넣었다. 이러면 자동으로 인벤토리에 수납된다.

어느새 뉘엿뉘엿 해가 지고 있었다. 전직하는 데 시간을 꽤 낭비한 모양이었다.

"그런데 이것들은 왜 이렇게 늦어?"

해가 떨어지고 있는데 드워프들은 아직도 돌아오지 않고 있었다. 내가 드워프들을 걱정해 줄 의리는 없지만, 약속된 보상에 대한 욕망은 있었다.

갑작스럽게 퀘스트가 뜬 것도 그때였다.

[돌발 퀘스트]

―의뢰인: 크리스티나

―종류: 구출

―난이도: ?

―임무 내용: 위기에 빠진 방랑 드워프들을 구출하라!

―보상: 무사히 구출한 드워프 한 명당 금화 10개(+100%), 기여

"잉? 뭐야, 이거?"

왜 이렇게 늦는가 싶었더니 위기라고? 나는 깜짝 놀라 자리에서 일어섰다.

미니 맵을 보니 퀘스트 대상으로 지정된 드워프들이 녹색 점으로 표기되어 있었고, 붉은 점들이 그들과 대치하고 있었다. 붉은 점으로 표시된 적들이 꽤 위협적인지, 녹색 점들은 꾸물거리며 물러나고 있다.

"서둘러야겠군."

드워프들을 구해줄 의리는 없지만, 퀘스트의 보상이 나를 움직였다. 그뿐만이 아니다. 저 빨간 점들의 정체가 뭔지는 모르겠지만, 어쨌든 적이라면 스킬 숙련도를 쌓을 기회다. 더군다나 두프르프를 살려야 그들에게서도 뜯어낼 걸 뜯어낼 수 있지 않은가?

나는 즉시 S랭크의 질주를 발동했다.

＊　　　＊　　　＊

사건 현장에 도착하기까지는 그리 오랜 시간이 걸리지 않았다.

드워프들과 대치하고 있는 놈들은 오크 종족이었다. 이것들은 튜토리얼 세계에서 NPC로도 가끔 만나본 일이 있지만, 주로 적으로 등장했던 놈들이다. 베어 넘기는 데 한 치의 망설임도 필요 없는 놈들이다.

나는 인벤토리에서 대검을 빼어 들었다. 내가 적의를 보이자, 오크들은 움찔 놀랐다.

그러나 갑자기 시스템 메시지가 흘러나와, 나는 일단 공격을 멈췄다.

[돌발 퀘스트]

―의뢰인: 크리스티나

―종류: 제압

―난이도: ?

―임무 내용: 난폭한 오크 강도들을 제압하라!

―[주의!] 살해하면 보상을 받을 수 없습니다.

―보상: 제압한 오크 강도 한 명당 금화 10개(+100%), 기여도 10(+100%)

퀘스트? 살해하면 안 된다고? 오크들을?

나는 고개를 갸웃거렸으나 그 시간이 오래지는 않았다. 내가 검을 빼 든 것을 보고 오크들도 재빨리 움직이기 시작했기 때문이다.

[간파]

개중에는 벌써 내게 망치를 던진 놈도 있었다. 간파는 성공적으로 작용했고, 나는 날아오는 망치를 왼손으로 잡아채었다.

"좋군. 그냥 직감에만 의존하는 것보다 나아."

능력치인 직감이 적의와 살의, 공격을 구분하지 못하는 것에 비해 [간파]는 확실하게 공격에만 반응해 주었기에 대응하기 훨씬 좋았다. 날아오는 망치를 여유 있게 잡아챈 것도 그덕이었다. 사실 간파 없이도 해낼 자신이 있었지만 어쨌든.

잡아챈 망치를 보니 대장장이용 망치라는 메시지가 떴다. 오크들이 드워프의 장비를 노획해서 무기로 쓰고 있는 모양이었다.

나는 그 망치를 가볍게 던져 드워프들에게 넘겨주었다.

"가, 감사합니다!"

두프르프의 외침이 들렸다. 나는 그쪽으로는 눈길도 주지 않았다.

"감사한 줄 알면 이제부터 너희들은 끼어들지 마라."

"에, 예?"

"이놈들은 다 내 거야."

퀘스트 보상도, 전리품도, 반격가 스킬 수련치도 전부 다 내 거다. 드워프들에게 넘겨줄 거라곤 원래 그들 것이었던 노획물뿐이다.

"이 자식이!"

오크들이 오크답지 않게 별로 험하지 않은 욕을 하면서 나무 몽둥이나 돌도끼 등을 내게 겨누었다. 나무 몽둥이라니. 무장 수준이 너무 조악한 거 아닌가? 보통 오크라면 도끼나 글레이브 정도는 들어줘야 할 것 같은데.

아무래도 불을 못 쓰는 건 드워프뿐만은 아닌 것 같았다.

나는 오크들을 향해 뚜벅뚜벅 걸어갔다. 초절강타나 투척 등을 써서 선공하면 손쉽게 잡아낼 수 있지만, 이들 상태를 보아하니 그런 스킬을 썼다간 다 죽어버릴 것 같았다. 게다가 어차피 나는 스킬 수련치를 채워야 하는 입장이었다.

"감히 우릴 얕봐?! 죽어라!!"

[간파]

사실 너무 대놓고 들어오는지라 간파를 쓸 필요도 없었지만, 어쨌든 간파는 작용했고 수련치는 쌓였다. 좋아, 간파 F랭크. 나는 공격이 날아오는 도중에 간파 스킬 랭크 업을 달성하는 여유를 부렸다.

"음? 수련치가 쌓이면서 경험치도 같이 오르는 건 전직해도 똑같군."

그럼 경험치 100% 부스터를 안 쓸 이유가 없지. 나는 인벤토리에서 경험치 부스터를 꺼내 뜯은 후, 원래 쓰려고 했던 스킬을 사용했다.

[막고 던지기]

터억.

오크가 휘두른 나무 몽둥이가 내 녹슨 대검에 의해 막히고, 나는 왼손으로 오크의 멱살을 잡았다.

"간파했다(Predictable)!"

쿠웅!

오크 전사의 거구를 지면에 메다꽂자 묵직한 소리가 났다. 머리부터 메다꽂은지라 죽지 않았을까 살짝 걱정되었지만 퀘스트가 아직 실패가 아니니 안 죽었겠지. 기절한 채 입에서 거품을 내고 있긴 하지만, 뭐 살아만 있으면 됐다.

"음, 좋아. 수련치가 잘 차는군. [막고 던지기] F랭크!"

두 스킬을 연습 랭크에서 F랭크로 올리면서 스킬 포인트가 10씩 빨아먹혔지만 아직도 내 스킬 포인트는 999+에서 내려올 줄을 모른다.

몇 포인트나 쌓여 있는 거지? 나도 모른다.

—스킬 수련치와 랭크 업 보너스로 반격가 경험치가 상승합니다.

―레벨 업! 반격가 2레벨에 도달했습니다.

―직감 +3, 근력 +1, 민첩+1, 배분 가능한 능력치 +3. 스킬 포인트 +10.

반격가 레벨 업으로 인해 튜토리얼 기본 레벨과는 비교도 안 되게 능력치가 상승했고, 스킬 포인트도 대량으로 들어왔다. 이러니 튜토리얼 빨리 깨고 나와서 전직부터 하라는 말이 나오지. 뭐, 이미 만렙을 찍은 지금의 내게는 아무 상관도 없는 이야기지만 말이다.

"다음! 덤벼라!!"

레벨 업으로 인해 고무된 나는 다른 오크들을 향해 외쳤다.

"으, 으아아아!!"

그러자 이번엔 오크 두 놈이 동시에 내게 달려들었다.

[간파]는 문제없이 작용했고, 나는 두 놈의 공격을 동시에 [막고 던지기] 했다. 두 놈을 동시에 던지기 위해 대검을 버려야 했고 나무 몽둥이를 팔로 막아내야 했지만 아무 문제 없었다. 두 놈의 공격은 내 피부조차 상하게 하지 못했으니까.

한 놈은 바닥에 메다꽂고, 다른 한 놈은 위로 날려 버렸다.

휘리릭, 쿠웅!

"다음!"

나는 신이 나서 소리 질렀지만 오크들의 안색은 핼쑥해졌다. 이런······.

"설마 이대로 도망칠 건 아니지?"

걱정 돼서 그렇게 물어봤더니 오크 놈들 중 하나가 격분했다.

"오크는 싸움을 피하지 않는다!"

"아주 좋아! 마음에 드는군! 그럼 덤벼라!!"

내가 희희낙락하며 대꾸해 주자 오크들의 표정이 더 안 좋아졌다. 그들은 서로 눈치를 보더니 이윽고 하나의 결론에 이르렀다.

"한꺼번에 덤벼!"

"와아아아아악!!"

오크들은 악에 받쳐 한꺼번에 내게 덤벼들었다.

[간파]

[막고 던지기]

[간파]

[막고 던지기]

[간파]

[막고 던지기]······.

"야! 신난다!!"

수련치가 오르고 스킬 랭크가 오른다! 수련치를 채우면서 얻는 경험치로 반격가 레벨이 오른다! 오크들이 안 죽도록 힘 조절을 하는 건 약간 신경 쓰였지만 그 대가로 금화와 기여도도 쭉쭉 쌓인다!!

"오크 최고다!!"

오늘은 오크 축제다!

*　　　　*　　　　*

시간이 흐르면 좋은 세월도 가기 마련이다.

모든 생명이 울창하게 우거지는 여름도 언젠간 끝나고, 밤 하늘을 수놓았던 아름다운 은하수도 자취를 감춘다. 그것이 세상의 이치인 것은 알고 있으나, 아쉬움이 드는 것은 어쩔 수 없는 일이다.

"크억……."

결국 마지막 오크가 기절하면서 신나고 즐거웠던 오크 축제도 종막을 맞이하고 말았다.

─오크 강도들을 모두 제압했습니다.

─퀘스트 완료! 보상을 지급합니다. 인벤토리를 확인하십시오.

─제압한 오크의 숫자: 21명. 금화 210(+100%), 기여도 210(+100%)

─드워프들을 구출하는 데 성공했습니다.

―퀘스트 완료! 보상을 지급합니다. 인벤토리를 확인하십시오.

―구출한 드워프의 숫자: 19명. 금화 190(+100%), 기여도 190(+100%)

퀘스트 완료 메시지가 아쉬운 건 처음인 것 같았다. 나는 입맛을 다셨다.

"좋은 경험치원이었는데……."

힘 조절을 해서 오크를 기절시키지 않으면 다시 한번 공격을 받아낼 수 있다는 걸 너무 늦게 깨달았다. 마지막으로 기절시킨 오크는 10번 이상 던진 것 같은데, 오크 전원을 상대로 이 정도로 수련치를 뽑아냈다면 더 좋았을 것이다.

"뭐, 이 정도로 만족해야 하나."

[간파]는 C랭크, [막고 던지기]는 B랭크까지 성장했다. 두 스킬의 성장도에 차이가 있는 건 간파가 훨씬 수련치를 많이 요구했기 때문이다.

반격가 레벨은 4레벨. 나보다 훨씬 약한 오크를 상대하면서도 3업이나 한 건 어디까지나 수련치를 쌓으며 얻어낸 경험치 덕이었다. 저레벨에선 레벨 업에 요구하는 경험치가 낮았던 덕도 있었고.

"아니, 난 아직 만족 못 하겠어."

어디 오크만 한 것들이 또 있을까?

강적을 상대로도 겁먹지 않고 계속해서 덤비는 근성에, 지능도 낮지 않아서 공격 패턴을 바꾸거나 페이크를 넣거나 해주기도 한다.

체력도 좋고 내구력도 뛰어나다.

반격가 스킬 수련에 이만한 상대도 또 없다!

[캠프파이어]

화르륵.

나는 캠프파이어를 피웠다. 어느새 땅거미가 지고, 해는 서산을 넘어갔다. 여기서 드워프들의 야영지로 돌아가는 것도 뭣하니, 오늘 밤은 여기 머물 생각이었다.

그제야 멀리서 내가 하는 걸 보고 있던 드워프들이 슬금슬금 다가오더니, 내게 절을 했다.

"구해주셔서 감사합니다, 은인이시여!"

"구해주셔서 감사합니다, 은인이시여!!"

어느새 드워프들의 대표가 된 두프르프가 선창하자, 다른 드워프들이 따라서 복창했다.

─방랑 드워프의 우호도가 25 상승합니다!

─이미 우호도가 한계에 달했습니다…….

─한계돌파!

─방랑 드워프의 우호도가 280으로 상승합니다!

—방랑 드워프들이 당신을 평생의 은인으로 여깁니다.

드워프들의 우호도가 천장을 뚫었다. 내 고유 특성인 한계 돌파가 이런 것에까지 영향을 미칠지는 몰랐다.

"음, 그래."

하지만 퀘스트도 없고 보상도 없는 드워프들의 우호도에는 큰 관심이 가지는 않았다. 나는 그들의 감사 인사를 받는 둥 마는 둥 하며 작업에 몰두했다.

"그, 그런데 이진혁 님……. 혹시나 실례가 되지 않는다면 지금 뭘 하고 계신지 여쭤봐도……. 되겠습니까?"

두프르프는 조심스럽게 물었다. 뭐, 드워프들 입장에서야 내가 하는 일이 어이없어 보이기도 할 거다. 하지만 나는 아랑곳하지 않고 붕대를 휘릭휘릭 감으며 대답했다.

"치료."

그래, 치료다. 나는 오크들을 치료하고 있었다.

오크들은 기절한 것일 뿐, 아직 망가진 게 아니다. 캠프파이어도 피워줬겠다, 붕대 감고 좀 쉬면 다시 움직일 수 있게 될 것이다. 그러면……. 뭐다?

발할라라는 게 있다.

북유럽 신화에 등장하는 일종의 천국 같은 것인데, 그 천국에선 전사들이 낮 동안엔 끝도 없는 전투를 즐기고 밤이면 연회를 벌이다가 해가 뜨면 다시 싸운다고 한다.

나는 오크들을 발할라로 데려가 줄까 한다.

단, 아쉽게도 해가 져도 연회는 제공되지 않는다. 이들은 밤에도 내게 덤벼들어 줘야 하니까.

"으, 으으……."

오, 마침 이 밤의 첫 제물… 이 아니지. 첫 도전자가 정신을 차린 모양이다. S랭크 응급치료가 상태이상 [기절]을 해제시킨 덕이었다.

"정신이 드나?"

나는 흐뭇하게 미소 지으며 깨어난 오크에게 말을 걸었다.

"너, 너는……. 아니, 당신은……."

"그래, 나는 네 적이다."

나는 자리를 툭툭 털고 일어났다.

"자, 덤벼라."

함께 피가 끓고 살이 타는 밤을 보내자꾸나!

그러나 나의 욕망은 이뤄지지 않았다.

오크가 그 자리에 넙죽 엎드리고는 내게 이렇게 말했다.

"앞으로 잘 부탁드립니다, 대장!"

"대장?"

"예, 대장!"

오크는 반짝이는 눈으로 나를 보며 말했다.

"저를 제압하고도 죽이지 않았으니, 그것은 곧 저를 부하로 부리기 위한 것이 아닙니까?"

듣고 보니 맞는 말이다. 수련치를 채우기 위한 용도이긴 했지만, 확실히 틀린 말은 아니다.

"명령을 내려주십시오, 대장!"

"음, 좋아."

나는 기꺼이 고개를 끄덕였다. 그리고 나는 '명령'했다.

"덤벼라."

바뀐 건 없었다. 억지로 덤비든, 명령받아 덤비든. 수련치만 채울 수 있다면 어느 쪽이건 좋았다. 그러나 명령받은 오크의 입장은 좀 다른 듯, 당황해 눈알을 굴렸다.

"대, 대장?"

"내 명령을 받는다고 했지? 그럼 내 명령에 따라라. 나한테 덤벼! 공격해!! 아니면 뭐냐, 날 대장으로 섬긴다는 말은 그냥 허언이었냐?"

"아, 아닙니다!"

"그럼 덤벼."

오크는 각오를 굳힌 듯 이를 악물었다.

"으, 으아아아아!"

덤벼드는 오크의 눈 끝에 눈물이 살짝 맺혀 있었던 것 같지만 기분 탓이겠지.

[간파]

[막고 던지기]

오, 좋아! 부하 상대로도 수련치는 찬다!!

나는 희희낙락하며 오크를 메다꽂았다. 단번에 기절하지 않도록 힘 조절을 잘하면서.

캠프파이어의 힘에 의해 다른 오크들도 하나씩 기절에서 깨어났으며, 나는 그들에게도 같은 명령을 내렸다.

그래, 흘러간 세월은 어쩔 수 없지만 시간이 가면 봄은 다시 찾아온다. 살아만 있다면 작년에 봤던 그 꽃을 올해 또 볼 수 있다. 이 또한 자연스러운 일이다.

"으오오오오!"

"크아아아악!"

드워프들은 내가 오크들과 나뒹구는 꼴을 두려움이 깃든 눈동자로 힐끔거리며 보고 있었지만, 나는 신경 쓰지 않았다.

오크들의 기합 소리와 비명 소리가 밤새 울려 퍼졌다.

Chapter 5

[퀘스트]

―의뢰인: 크리스티나

―종류: 관계

―난이도: 안전

―임무 내용: 황야 오크들과의 우호도를 올려라! 목표치: 50

―보상: 금화 40개(+100%), 기여도 40(+100%)

―황야 오크 우호도 50 달성!

―퀘스트 완료! 보상을 지급합니다. 인벤토리를 확인하십시오.

―보상: 금화 40개(+100%), 기여도 40(+100%)

시간 가는 줄 모르고 수련에 열중했더니 어느새 동이 트고 있었다.

밤새 날 상대하던 오크들은 기절하여 캠프파이어 주변에 시체처럼 널브러져 있었다.

겉보기엔 저래도 한 명도 죽이지 않았다. 귀중한 수련치 농장인데 죽일 리가 있겠는가?

그보단 오크 상대로도 우호도 퀘스트가 떴다는 게 신기했다.

"오크들도 인류로 취급하는 건가?"

―네!

"튜토리얼에선 주로 적으로 나오던데."

―아무리 오크들이 인류라지만, 다른 인류 종족을 적대시하는 경우도 많으니까요. 완전히 부자연스러운 건 아니죠. 아무래도 생긴 것 때문인지 튜토리얼에서는 적으로 나오는 비율이 높다고 해요.

생긴 것 때문이라니! 이렇게나 귀여운 오크들인데!! 물론 오크들이 내 눈에 귀엽게 보이는 건 어디까지나 내게 수련치를 주기 때문이긴 하지만, 아무튼.

"그래서 죽이지 말라고 한 건가? 같은 인류니까?"

―가능하면요.

내 입장에서야 드워프나 오크나 같은 NPC다. 적으로 나오면 죽이고, 아군으로 나오면 친하게 지내면 되지. 그거야 크게 신경 쓸 일이 아니다.

"그런데 오크 상대론 쉬지 않고 막고 던지기만 했는데 왜 우호도가 올랐지?"

―오크들은 강자를 숭앙하거든요.

크리스티나가 알려주었다.

"그렇구나. 마조히스트들이었구나."

―아니, 그런 건 아닌……. 설마?

내 말에 반박하려던 크리스티나는 뒤늦게 진실의 문을 열고 만 충격 때문인지 그 자리에 굳어져 아무 말도 못하는 상태가 되어버리고 말았다.

어쨌든 나로선 매우 대하기 편한 종족인 게 틀림없다. 그럼 앞으로도 막고 던지기만 하면 우호도 퀘스트는 쉽게 깨겠군. 하지만 지금 우선할 건 오크들과의 막고 던지기 수련이 아니다.

―대형종을 상대로 막고 던지기(0/3)

다른 수련치는 전부 꽉 채웠지만, 저 수련치가 남아 아직도 내 [막고 던지기]는 B랭크다. 저 수련치를 마저 채워야 A랭크를 찍을 수 있다.

―위협적인 공격을 간파(0/10)

[간파]도 마찬가지. B랭크로 오르긴 했지만 A랭크로 올리려면 저 수련치를 채워야 한다.

오크들은 너무 약해서 도저히 내게 위협적인 공격을 가할 수 없으니 문제다.

결국 오크 신세를 지는 것도 여기까지.

스킬 랭크 업을 위해서는 내게 위협적인 공격을 할 수 있는 대형종 몬스터를 찾아야 했다. 가능하면 마법 공격도 할 수 있는 상대면 더 좋다.

[받아쳐 날리기]
—등급: 희귀(Rare)
—숙련도: 연습 랭크
—효과: 적의 공격을 받아쳐 날린다.

반격가 5레벨을 찍고 새로 얻은 스킬의 요구 수련치에 이런 게 있었기 때문이다.

—마법 공격을 받아쳐 날리기(0/1)

이것 때문에 F랭크조차 올리지 못하고 있었다.

오크들은 마법을 쓸 줄 모른다. 적어도 이 자리에 있는 오크들은 말이다. 그러니 마법 공격을 할 줄 아는 적을 찾아 수련치를 채워야 랭크 업도 하고 반격가 경험치도 쌓을 수 있다.

그렇다고 이걸 오크들 탓을 할 순 없지. 못하는 걸 하라고 할 순 없잖은가?

더욱이 나는 오크들 덕에 스킬 수련치도 채웠고 반격가 레벨도 5까지 올렸다. 우호도 퀘스트로 금화와 기여도까지 퍼주었다.

이 정도면 아낌없이 주는 오크 나무라고 불러도 될 듯했다. 이런 오크 나무의 밑동을 파헤칠 순 없지. 물을 주고 영양분을 줘 다시 자라나게 하는 것이 사람의 도리라 할 수 있으리라.

"이번에 깨어나면 맛있는 아침 식사라도 대접해 줄까……."

나는 기절한 채인 오크들을 흐뭇한 표정으로 내려다보며 혼잣말을 했다.

*   *   *

오크와 드워프가 불 주위에 함께 모여 옹기종기 앉아 있는 광경은 뭐라고 해야 하나, 어떻게 보자면 아무것도 아니지만 달리 보자면 대단한 장관이었다.

판타지 소설 좀 읽었다는 사람이라면 오크와 드워프가 보통은 어떤 사이인지 알 터. 숙적이나 다름없는 두 종족이 어깨와 무릎을 맞대고 앉아 있으니까.

여기서도 두 종족은 어제까지는 분명 적이었으나 오늘은 다르다.

오크들은 자신들의 대장인 내가 지켜주는 드워프들을 더 이상 적대하지 않았다. 내 중재로 오크들이 가져갔던 드워프들의 장비도 다 원래 주인에게 돌려주었다. 그러니 이제 드워프와 오크 사이에 은원 계산은 다 끝났다.

물론 계산이 끝났다고 감정까지 없어지는 건 아니지만, 이쪽도 어느 정도 해결이 된 상태였다. 왜냐하면 드워프들 쪽은 오크들을 연민을 담은 눈빛으로 바라보고 있었기 때문이다.

매우 높은 확률로 내가 밤새 오크들에게 한 짓 탓이리라.

'정작 오크 놈들은 그걸로 우호도가 올랐는데.'

어찌 됐건 오크들이 얻어맞으면서 좋아하는 특수한 성벽의 소유자라는 사실을 드워프들에게 굳이 일부러 알려줄 필요는 없었다.

"다들 앉았나?"

"그렇습니다. 이진혁 님."

"예, 대장."

드워프의 대표인 두프르프와 오크의 대장인 라카차가 각기 대답했다.

나는 두 종족 사이에 끼어 앉았다. 드워프들과 오크들이 동시에 물러나며 내게 편한 자리를 만들어주었다. 두프르프가 내 왼쪽, 라카차가 오른쪽에 앉았다.

―몸이 따뜻해집니다. [휴식] 스킬의 효율이 상승합니다. 캠프파이어 주변에서는 음식이나 요리를 나누어 먹는 것이 가능합니다.

"그럼 식사를 시작하지."

나는 인벤토리에서 군은 빵과 물을 꺼내어 먹었다.

그리고 빵을 반으로 쪼개어 두프르프에게 건네자 신기하게도 캠프파이어에 앉은 모든 이들의 손에 반으로 잘린 빵이 나타났다.

"무, 무슨!"

"이건 기적이야!!"

갑작스러운 기적에 다들 동요했다.

사실 나도 동요했다.

시스템 메시지로는 지겨울 정도로 봐서 그냥 대충 넘겼었는데, 정말로 이런 일이 가능할 줄이야. 하긴 캠프파이어에서 음식을 나눠 먹는 게 몇 년 만인지도 모르겠고, S랭크 캠프파이어에서는 아예 처음이다. 그래서 내가 보기에도 이 광경은 신기하기 그지없었다.

빵 한 덩어리가 반쪽이긴 하지만 40개로 늘어나다니!

스킬이 물리법칙을 초월하는 게 하루 이틀 일은 아니지만 질량보존의 법칙을 이런 식으로 껌처럼 씹어 먹어도 되는 건가?

나는 애써 동요를 숨기고 아무렇지도 않은 것처럼 라카차에게 물을 나누어주었다.

"오오, 오줌 냄새가 나지 않는 물이다!"

"비린내가 나지 않는 물이야!!"

드워프들은 오줌을 증류해서 먹는다는 걸 알고 있었지만, 오크 놈들은 평소에 뭘 마시기에 저런 반응을 보이는 거지? 서로 피라도 빨아먹는 건가? 물어보면 그렇다고 대답할까 봐 차마 묻진 못했다.

음식을 나눠줌으로써 드워프들의 우호도가 추가로 25 상승했고, 오크들의 우호도도 20 상승해 72에 달했다. 우호도 상승량이 다른 걸 보니 오크들의 영양 상태가 드워프들보다는 좋았던 모양이다.

기왕 이렇게 둘러앉은 김에, 나는 미뤄두었던 정보 수집에 나섰다.

음식을 나눠 먹어 분위기가 많이 화기애애해지긴 했지만, 그건 그거고 이건 이거라는 듯 오크와 드워프가 경쟁적으로 내 질문에 대답해 주었다.

"뭐? 있다고?"

"예, 있습니다."

내 되물음에 라카차가 고개를 끄덕였다.

"마법 공격을 하는 데다 나한테도 위협적일 정도로 거대한 몬스터가 이 황무지에 진짜 있다는 거야?"

"그렇습니다, 대장."

라카차의 말에 따르면 원래 이 땅은 척박하긴 하지만 이렇게까지 아무것도 없는 황무지는 아니었다고 한다. 그러나 한 몬스터의 등장으로 불과 10년 만에 지금의 상태로 굴러 떨어졌다고.

그 괴수의 이름은 지옥 멧돼지. 거대하기로는 작은 산이 움직이는 것처럼 보일 정도. 발을 내디딜 때마다 지축이 울릴 정도로 무겁다. 몸 주변이 항상 일렁여 보일 정도로 체온이 높은 데다, 때때로 불꽃 덩어리를 입에서 뱉는다고 한다.

호전적인 오크들마저 지옥 멧돼지를 상대로는 도망 다니기 바쁘다. 이 황무지의 풀뿌리까지 다 캐 먹은 그 식탐 강한 거대 괴수는 오크마저도 한 끼 식사로 보고 적극적으로 잡아먹으려 달려든다고 하니.

그러나 그 무서운 지옥 멧돼지도 이 황야를 마음껏 싸돌아다녔던 구울만큼은 그냥 내버려 두는데, 한번 잡아먹었다가 복통에 시달렸기 때문이라고 한다.

"이 황무지에 구울만은 번성하던 게 그것 때문이었군."

"그것들도 은인께서 모조리 처치해 버리셨지만 말입니다!"

내 혼잣말을 두프르프가 받으며 자기 자랑이라도 하듯 웃었다. 그 말에 라카차가 경기를 일으키듯 자리를 박차고 일어서며 외쳤다.

"뭐? 대장님이 구울을 모조리 처치하셨다고?!"

"그게 정말입니까, 대장님?!"

아무래도 오크들도 구울들을 원수처럼 여기고 있었던 듯, 소식이 알려지자마자 갑자기 축제 분위기가 됐다.

─황야 오크의 우호도가 25 상승합니다!

뭐 한 것도 없는데 우호도만 쭉쭉 오르는군. 현재 117인가. 150 금방 가겠다.

[퀘스트]
─의뢰인: 크리스티나
─종류: 토벌
─난이도: 매우 위험!
─임무 내용: 황야의 지배자 지옥 멧돼지를 처치하라!
─보상: 금화 1,000개(+100%), 기여도 1,000(+100%), 직업 경험치 1,000(+100%)

그 와중에 퀘스트가 도착했다. 난이도가 매우 위험이라니……. 지금의 내가 상대해도 위험할 정도인가? 그래도 난이도가 높다 보니 보상이 정말 괜찮았다. 게다가 수준이 맞는 상대라 그런지 모처럼 직업 경험치까지 주는 토벌 퀘스트. 놓치긴 너무 아깝다.

"그놈이 어디 있는지 안내해 줘."

나는 라카차에게 그렇게 요구했다.

"그놈이라뇨?"

"지옥 멧돼지 말이야."

그러자 방금 전까지 축제 분위기였던 캠프파이어 주변이 찬물을 끼얹은 듯 확 조용해졌다.

"대장, 아무리 대장이라도 그 괴물을 상대하는 건 너무 무모한……."

"무모한지 아닌지는 내가 결정한다."

나는 라카차의 말을 끊고 말했다.

"따라오라고는 하지 않겠어. 나 혼자 가지. 대충 방향만 알려줘. 산처럼 큰 놈이라고 했지? 금방 찾을 수 있겠군."

"…알겠습니다. 그렇게까지 말씀하신다면 이 라카차가 책임지고 안내해 드리겠습니다."

라카차는 죽을 각오라도 다진 사람처럼 결연한 목소리로 말했다. 나는 곧장 고개를 저었다.

라카차가 뭘 착각하고 있는지 모르겠지만, 난 그냥 그 지옥 멧돼지란 놈을 직접 한번 보고 올 생각인 것뿐이다.

정말 위험하면 직감이 반응할 테니, 판단은 어렵지 않으리라.

어차피 내겐 S랭크의 질주가 있다. 도망치는 데는 자신이 있었다. 오히려 다른 놈들이 따라오면 성가셔진다.

"대강 위치만 알려달라니까? 따라오지 마. 성가시니까."

"대, 대장⋯⋯!"

—황야 오크의 우호도가 10 올랐습니다!

뭐야? 우호도는 또 왜 오른 거야? 라카차 놈은 왜 감동하고 있고?

—오크들은 상남자를 숭앙하거든요. 무모함은 오크들 사이에선 미덕이죠.

크리스티나가 대신 내 의문에 대답해 주었다.

오크 놈들이 단단히 착각하고 있다는 것만은 알겠다.

그렇다고 그 착각을 수정해 줄 생각 따윈 없었다. 왜냐하면 나한테 유리한 착각이니까.

*　　　*　　　*

라카차에게서 지옥 멧돼지의 대략적인 위치만 들은 후, 나는 바로 출발했다. 물론 혼자서.

—이진혁 님, 퀘스트를 발주해 드리긴 했지만 지금 당장 필드 보스를 잡으러 갈 필요가 있을까요? 조금 더 이 주변에서 성장을 도모한 뒤에⋯⋯.

"필드 보스?"

그냥 넘어가기 어려운 단어가 나왔기에, 나는 크리스티나의 말을 끊고 물었다.

—네. 그 오크 토착민이 말한 지옥 멧돼지에 대한 증언은 인류연맹의 데이터베이스에 존재하는 필드 보스인 헬리펀트(Hellephant)와 일치합니다.

"필드 보스란 게 뭔데?"

—그건 말 그대로의 의미예요. 지역의 지배자. 그 지역에 막대한 영향을 끼칠 수 있는 존재.

"강한가?"

—유망주 레벨에서는 혼자 상대하는 게 말이 안 될 정도로요.

그리고 나는 유망주다. 평범한 유망주는 아니지만, 어쨌든 튜토리얼에서 나온 지 얼마 안 된 초짜인 건 사실이다.

"긴장 좀 해야겠군."

입으로 나오는 혼잣말과는 정반대로, 나는 피가 끓어오르는 감각에 부르르 떨었다. 튜토리얼에서 최강의 적수였던 블랙 드래곤을 1분 컷하게 된 이후로 처음 느껴보는 감각이다.

내가 튜토리얼에서 나온 이유는 간단했다. 거기선 더 강해질 방법이 사라졌고, 더 강해져야 할 이유 또한 사라졌다. 그 공허감은 분명 튜토리얼 세계에 혼자 남겨진 고독에 필적했다.

내가 그리워했던 건 강적이었다. 내게 강해질 이유를 부여해 주는 존재. 그리고 적어도 크리스티나의 언급에서 지옥 멧돼지는 그 기준을 넘치도록 만족시켜 주고 있었다.

"조심해야겠어. 구경만 하고 바로 도망쳐야지."

그러나 나는 속내를 감춘 채 웅얼댔다.

―현명한 선택이세요.

그리고 크리스티나는 나의 그런 웅얼거림에 안도한 듯했다.

"그럼……. 링링!"

―부르셨어요, 고객님?

레벨 업 마스터의 화면에 크리스티나 대신 링링의 모습이 나타났다.

"좋은 무장이 필요해. 레어 장비 대여권을 쓰고 싶은데."

오크들에게서 짐을 되찾은 드워프들은 날 위한 장비를 만들어주고 싶어 했지만, 그러려면 캠프파이어보다 높은 온도를 얻을 수 있는 노를 지어야 했다. 그 전에 일단 내가 쓰던 대검을 수리해 주고 싶다고 했기에 나는 99자루의 녹슨 대검을 떠넘겼다.

그 결과, 지금 나는 손에 든 무기가 없다.

생각 없이 한 짓은 아니다. 지옥 멧돼지에 대한 이야기를 듣기 전이었다면 녹슨 대검 한 자루 정도는 남겨 들고 왔을 것이다.

그러나 크리스티나가 지옥 멧돼지 토벌 퀘스트에 매우 위험 난이도까지 띄워준 이상, 그간 아껴둔 레어 장비 대여권을 안 쓸 이유가 더 적었다.

—어떤 장비를 원하세요?

"일단 반격가의 레어 무기."

—반격가라니······. 고객님, 이상한 직업으로 전직하셨네요. 들어본 적도 없어요.

이상한 직업이라니. 하긴 나도 처음 들었을 땐 이상한 직업이라고 생각은 했다. 그런데 상점 담당인 링링이 들어본 적도 없었을 정도일 줄이야.

말은 그렇게 하면서도 링링은 무기고에서 물건을 뒤적거리는 모션을 취하더니, 곧 장비 하나를 내게 내밀었다. 물론 화면 안에서 내민 것이기에 내가 그 물건을 직접 살펴볼 순 없었다. 내가 보는 건 아이템의 이름과 아이콘, 그리고 옵션이다.

[홈런왕의 나무 배트]

"뭐야, 이건."

이름부터가 황당했다. 뭐? 홈런왕? 나무? 배트? 길지 않은 이름인데 태클을 걸지 않을 요소가 소유격 조사인 '의'밖에 없었다.

—주문하신 반격가 전용 레어 무기예요. 이게 뭔진 저도 잘

모르겠지만요.

심지어 링링조차 내 의문을 해결해 주지 못했다.

"파는 사람이 그런 말 해도 돼?"

—모르는 걸 안다면서 사기 칠 순 없잖아요.

그건 그렇다. 나는 링링을 추궁하는 대신 아이템 옵션이나 살펴보기로 했다.

[홈런왕의 나무 배트]

—분류: 무기

—숙련도: 희귀(Rare)

—내구도: 50/50

—옵션: 공격력 +3, [쳐 날리기] 계열 스킬의 비거리 +100m/위력 +3레벨

—설명: 과거 수많은 투수들의 기록을 엉망으로 만든 적이 있는 배트.

나무로 만든 물건 주제에 녹슨 대검보다 내구도가 다섯 배나 높아? 하긴 아이템에 물리법칙을 거론하는 것도 의미 없는 짓이다. 그런 것보다 옵션이나 보자.

비록 공격력은 대검의 절반 수준도 안 되지만 반격가 전용무기라 그런지 스킬 강화 옵션이 붙어 있다. 내가 지닌 [쳐 날리기] 계열 스킬이라곤 [받아쳐 날리기]밖에 없지만, 위력 강화

옵션이 붙은 건 마음에 든다.

그래도 이걸로 당장 결정하기는 좀 뭐하다.

"다른 무기는 없어?"

더 보고 결정해야지.

―네!

그런 내 생각을 링링이 단숨에 꺾어놓았다.

―레어 등급 중에 반격가 전용 무기는 그 배트밖에 없어요.

"선택의 여지가 없군."

마이너한 직업의 비애인가. 검술가나 전사 같은 직업이었다면 훨씬 선택의 폭이 넓었을 테지만, 반격가는 그렇지 못한 모양이었다.

어차피 내겐 초절강타가 있고, 무기의 위력은 초절강타의 계산식에 포함되지 않는다. 내 공격력을 버틸 내구도가 더 중요한데, 이 나무 배트는 겉보기엔 안 그래 보여도 그 조건만큼은 만족시킨다.

더 망설일 이유는 없었다.

"이걸로 하겠어."

―레어 장비 대여권을 사용하시겠습니까?

나는 왼쪽 눈을 두 번 깜박였다. 물론 YES를 뜻하는 동작이다.

─인벤토리를 확인해 보십시오.

주머니에 손을 집어넣어 인벤토리창을 활성화시키고, 나는 [홈런왕의 나무 배트]를 골라 꺼냈다. 내 주머니에서 묵직한 배트가 빠져나왔다. 목재 주제에 꽤 단단하고 무겁다. 특별한 목재를 쓴 걸까? 그런 건 옵션에 기재되어 있지 않았다.

붕붕 휘둘러 보니 꽤 손맛이 좋다. 어쩌면 대여 기간이 끝나면 이 장비를 사들일지도 모르겠다. 그런 생각이 들 정도로 마음에 들었다.

…나무 배트지만 말이다.

"15일인가."

짧다면 짧지만 오늘 하루 쓰기엔 충분하다 못해 넘치는 대여 기간이다.

이거라면 지옥 멧돼지를 때려잡을 수 있을까?

그런 생각은 머리로 하는 게 아니다.

내 직감이 판단할 문제다.

*   *   *

지옥 멧돼지는 출발지에서 지도 작성 퀘스트 3회분 거리에 있었다. 생각보다 별로 멀지 않은 거리였고, 라카차의 진술보다 훨씬 가까운 위치이기도 했다. 어쩌면 오크들을 찾아 여기까지 온 건지도 모를 일이다.

온몸에 일렁이는 열기를 두른 거대한 멧돼지의 모습은 장관이었다. 붉은색을 띤 털이 열기와 함께 불꽃처럼 춤추고 있는 게, 진짜 불이라도 뿜을 것같이 생겼다.

주변에 먹을 수 있는 모든 것들을 먹어치워 황무지의 황폐화를 가속화시킨다는 괴수.

—틀림없네요. 헬리펀트입니다.

크리스티나가 지옥 멧돼지의 모습을 확인하고 말했다.

놈은 지금도 쉴 새 없이 땅을 파헤치며 혹시나 땅속에 남아 있을지도 모를 식물의 뿌리나 벌레 따윌 흙과 함께 연신 씹어 먹고 있었다. 직접 보니 크기도 커서 5층짜리 아파트 정도 크기는 되어 보였다. 저 몸을 유지하려면 흙을 씹어 먹는 걸론 부족할 것이다.

"그러냐."

나는 히죽 한 번 웃고는, 레벨 업 마스터를 끄고 인벤토리에 집어넣었다. 크리스티나가 뭐라고 말하는 소리가 들렸지만 상관하지 않았다.

직감이 찌릿하게 나를 자극하고 있었다. 크리스티나가 괜히 날 말린 게 아니다. 저놈은 내게도 위협적인 적이다. 그러나……

"블랙 드래곤 정도로군."

튜토리얼 세계에서는 가장 강력한 적이었던 블랙 드래곤을 떠올리며, 나는 입술을 핥았다.

블랙 드래곤은 약한 적이 아니었다. 오히려 레벨이 너무 낮게 책정된 게 아닐까 하는 생각이 들 정도로 강력한 존재였다. 블랙 드래곤 1분 컷은 그저 여러 번 도전한 끝에 약점을 찾아내고 공략 방법을 숙지한 결과물이었을 따름이다.

그리고 나는 저 지옥 멧돼지의 약점을 모른다. 공략법도 모른다. 그러니 1분 안에 잡을 수 있을 리가 없다. 아니, 사실 승리조차 장담할 수 없다. 정면으로 맞상대하다간 죽을지도 모른다.

그럼에도 불구하고.

"후후."

입술 사이로 웃음이 비어져 나왔다.

크리스티나에겐 구경만 하고 온다고 말했었다. 일부러 거짓말을 하려던 건 아니었다.

그러나 나는 지금, 그 말을 거짓말로 만들어야겠다고 결심하고 말았다.

이유는 간단했다.

"저런 걸 보고 구경만 하고 갈 순 없잖아."

나는 나지막하니 혼잣말을 하고는…….

저벅, 저벅.

단 두 걸음. 접근했다.

흠칫.

흙을 씹어 먹던 지옥 멧돼지의 입이 순간적으로 멈췄다.

반응이 좋군.

우적, 우적.

입을 멈춘 건 아니다. 그러나 조금 전보다는 씹는 속도가 느려졌다. 이쪽을 보는 기색은 없으나, 귀는 쫑긋 서 있는 것이 보인다.

확실하다.

저놈은 이미 내 존재를 눈치챘다.

저벅.

거기서 단 한 걸음만 나아갔을 뿐이었다.

쾅.

폭발음이 들렸다. 나는 누가 야포라도 쏜 줄 알았다. 그것이 지옥 멧돼지가 뒷발로 땅을 찬 소리란 걸 깨닫는 건 한순간 뒤의 일이었다.

저 거체가 저렇게 빠르게 움직일 수 있다니!

저 멀리 있던 지옥 멧돼지가 순간 이동이라도 한 듯 내 앞에 나타나 있었다. 분명 음속을 돌파했을 텐데도 별다른 소닉붐이 일어나지 않은 것으로 보아, 아무래도 이 녀석도 스킬을 쓸 수 있는 것 같았다.

블랙 드래곤도 그랬지.

불과 이틀 전의 일임에도 나는 묘한 그리움을 담아 생각했다.

[간파]

ㅡ위협적인 공격을 간파(1/10)

어느새 지옥 멧돼지의 이마에는 프랑스식 군용 검같이 보이는 뿔이 한 자루 돋아나 있었다. 그리고 그 뿔 끝으로 날 꿰뚫으려 들었다. 돌진의 기세를 담은 그 일격은 강맹하기 그지없었다. 아무리 나라도 피해 없이 받아내긴 힘들 것 같았다.

스킬의 힘이 없었다면 말이다.

[막고 던지기]

ㅡ대형종을 상대로 막고 던지기(1/3)

나무 배트로 공격을 막았는데, 이것만으로 배트의 내구도가 3이나 날아갔다. 녹슨 대검이었다면 단번에 부러지고 방어에도 실패했을 위력이다. 그러나 방어에 성공한 이상, 반격으로 이어주는 것은 반격가로서 응당 해야 할 일이었다.

휘리릭. 쿵!

지옥 멧돼지의 거체가 그 자리에서 뒤집어지며 지면에 처박 혔다. 휘둥그레 뜬 멧돼지의 눈이 알게 모르게 큐트했다. 자신 에게 무슨 일이 일어났는지도 눈치채지 못한 것 같은 표정이 다. 그러나 그 피해는 크지 않았다. 외견과 마찬가지로 이 녀 석은 매우 단단했다.

"으음……!"

반대로 성공적으로 반격을 넣은 내게 오히려 피해가 돌아 왔다. 빈 왼손으로 멧돼지의 뿔을 잡고 던졌는데, 그 손에 화 상을 입었다. 내가 화상을 입을 정도면 뿔의 온도가 어마어마 하다는 소리다. 강건 99+는 어지간한 피해나 상태이상은 무효 화시켜 버리니까.

"오래 끌면 안 좋겠군."

멧돼지의 체온이 내게도 피해를 입힐 정도면 근접전을 지속 하는 건 별로 좋은 생각은 아니다. [막고 던지기]로도 무기 내 구도가 이런 식으로 까이면 오래 못 버틴다.

"일단 간파 수련치만 채워둘까?"

너무 욕심을 부리면 안 될 것 같으니, 나는 약간 타협하기 로 했다.

취이이이익…….

몸을 일으킨 지옥 멧돼지의 입에서 증기가 뿜어져 나왔다. 안 좋은 예감은 [간파]가 대체했다. B랭크까지 성장한 간파는 지옥 멧돼지가 마법 공격을 감행하려 한다는 사실도 알려주었다. 멧돼지가 마법이라니. 그러나 나는 라카차로부터 이미 정보를 들었다.

쾅앙!

이번에야말로 야포 쏘는 소리가 맞았다. 그 야포가 멧돼지의 입에서 발사됐다는 것만 제외하면 말이다. 거대한 불꽃의 구(球)가 나를 향해 날아들고 있었다.

그 순간, 나는 왜 반격가 전용 무기가 배트의 형태를 취하고 있는지 직감적으로 깨달았다.

바로 지금이 [받아쳐 날리기]가 활약할 때였다.

따악!

내 배트가 정확히 화염의 공을 가격했다. 손바닥이 저릿했다. 하지만 성공적으로 쳐냈다!

비록 계산과는 달리 내가 친 공은 멧돼지가 아닌 저 멀리 황야를 향해 날아가긴 했지만.

"솜씨 99 이상으로도 제어하기가 힘들군⋯⋯."

연습 랭크로 이 정도 한 것도 다행이다 싶긴 했다. 어쩌면 [받아쳐 날리기]에 실패하고 불꽃을 몸으로 받아내야 했을지도 모르는 일이었으니.

어쨌든 이것으로 마법 공격을 받아쳐 날리는 수련치를 습득했다. 나는 즉시 받아쳐 날리기의 랭크를 올렸다.

F랭크.

"⋯아직 멀었다."

멀리서 플레이볼을 알리는 긴 호각 소리가 들린 것 같았다. 아마도 환청이겠지만. 뭐 좋지 않은가.

"던져라……!"

나는 타석에 섰다.

    *   *   *

따악!

경쾌한 소리가 그라운드에 울려 퍼졌다. 파울. 또 파울이다. 벌써 몇 구째인지 모르겠다.

"후-우-욱!"

나는 나무 배트를 고쳐 잡고 상대를 노려보았다. 녀석은 벌써 다음 공을 던질 준비에 들어가 있었다.

"매너도 없는 새끼……."

콰!

욕설을 다 마치기도 전에 곧장 폭음이 울렸다.

[간파]
[받아쳐 날리기]

따악!

"또 파울이라니!"

지옥 멧돼지는 더 이상 내게 접근하지 않고 멀리서 화염구만 토해내고 있었다. 한번 [막고 던지기]에 당했던 게 녀석의 경계심을 촉발시킨 모양이었다. 별로 세게 던지지도 않았는데 쫄기는.

그러나 이 전술이 날 상대하기에 효과적인 건 사실이었다. 나는 녀석의 공격에 꾸준히 소모당하고 있었으니까. 간파와 받아쳐 날리기로 대응하고는 있지만, 스킬은 공짜로 발동시킬 수 있는 게 아니다. 체력은 꾸준하게 빠져나가고 있었다.

"…그건 놈도 마찬가지야."

그래, 지옥 멧돼지도 마찬가지. 화염구를 쏘는 게 공짜일 리는 없다. 체력이든 마력이든 뭐든 소모는 하고 있을 것이다.

쾅!

또 화염구가 날아왔다.

[간파]
[받아쳐 날리기]

화르륵.

"큭!"

그러나 문제는 내게는 꾸준히 피해가 축적되고 있었다는 점이다. 아직 받아쳐 날리기의 랭크가 부족해서 그런가? 화염구 자체는 계속 받아치고 있지만, 화염구가 날아올 때마다 덮쳐오는 열기는 그대로 내 생명력을 조금씩 소실시키고 있었다.

이대로 가면 망한다.

일반적으로는 그렇다.

콰앙!

따악!

펑!

"드디어!"

나는 나도 모르게 환호성을 지르고 말았다. 내가 쳐낸 화염구가 드디어 똑바로 지옥 멧돼지를 향해 날아가, 멋지게 명중했으니까. 그리고 이건 내가 반격에 성공했다, 라는 단편적인 현상만을 가리키지 않는다.

―[받아쳐 날리기]로 적에게 피해를 입히기(1/1)

드디어 C랭크 수련치를 채웠다! 마지막까지 완성시키지 못했던 화룡점정을 드디어 찍었다. 나는 즉시 스킬 랭크 업을 단행했고…….

―레벨 업!

그렇게 얻은 경험치로 인해 반격가 6레벨을 달성했다. 그리고 레벨 업으로 인해 내 생명력과 체력, 그리고 상태이상이 모조리 회복되었다.

"이거지!"

나는 신나서 배트를 붕붕 휘둘렀다. 반대로 지옥 멧돼지는 자신이 발사한 화염구에 얻어맞았다는 사실이 충격적이었던지 머리를 몇 번 흔들더니, 그대로 뒤로 내빼고 말았다.

"어, 야! 어디 가! 나 아직 수련치 덜 올렸어!!"

[질주]

사실 지옥 멧돼지도 느린 편은 아니다. 공기저항을 무시하는 걸 보니 질주 랭크가 A는 초월한 것 같고. 어쩌면 질주가 아닌 다른 스킬일 수도 있겠다. 하지만 내가 따라잡을 수 있는 걸 보니 나보단 느린 것 같았다.

민첩: 99+

"!"

내가 지옥 멧돼지를 앞질러서 앞을 가로막자, 녀석은 놀란 건지 눈을 휘번덕 뜨더니 그대로 나를 들이받으려고 했다.

그리고 그것이야말로 내가 원하던 것이었다.

[간파]
[막고 던지기]

내게 집어 던져진 지옥 멧돼지는 재빨리 일어나더니 반대 방향으로 도망쳤다. 아무래도 완전히 전의를 상실한 것 같았다. 그러나 나는 놈을 놓칠 생각이 없었다.

[질주]
[간파]
[막고 던지기]

원 패턴인 건 내 탓이 아니다. 지옥 멧돼지의 머리가 나쁜 탓이다. 아니, 사실 녀석의 입장에서 생각해 보자면 다른 방법이 또 있을까 싶긴 하지만, 어쨌든 내 탓은 아니다.

—대형종을 상대로 막고 던지기(3/3)

그 덕에 나는 막고 던지기 수련치를 모두 채웠고, 그대로 랭크 업을 시켜 A랭크에 도달했다. 간파는 받아쳐 날리기 수련치를 채우는 도중에 A랭크를 찍었으니, 이로써 일단 습득한 반격가 스킬은 모두 A랭크를 찍은 셈이 된다.

그리고 이 시점에서 지옥 멧돼지의 눈빛이 바뀌었다.

취이이이익……!

이건 지옥 멧돼지의 입에서 나온 소리가 아니었다. 녀석의 체온이 급격하게 끓어오르면서 주변의 공기와 지면이 달아올라 나는 소리였다.

"으윽……!"

끓어오른 공기로 인해 내 피부는 붉게 달아올랐고, 여기저기 물집이 잡혔다. 직접 닿은 것도 아닌데 화상을 입은 것이다!

잊고 있었다. 그래, 녀석은 블랙 드래곤급의 괴수였다. 이렇게 무력하게 내 수련치만 채워주고 죽어줄 물렁한 상대가 아니었다. 이제까지는 먹을 것이 부족한 이 황무지에서 살아남기 위해 힘과 에너지를 아끼고 있었던 것뿐이다.

그런데 내게서 도망칠 수 없다는 걸 깨달은 순간, 녀석은 나와 생사를 걸고 일전을 벌일 결심을 굳힌 것이리라.

"…그래, 끝을 보자."

이렇게 된 이상, 나도 오크들을 상대하듯 설렁설렁 움직일 순 없게 되었다. 수련치 생각은 뒤로 미룬다. 오래 싸워 좋을 게 없다. 그저 가까이 있는 것만으로도 내 생명력이 뭉텅뭉텅 깎여 나가니까.

[간파]

아무런 준비 동작도 없이 놈이 먼저 달려들었다. 간파가 없었더라면 이 기습을 눈치채지 못했을지도 모르겠다.

심지어 치명적인 공격이다. 못 막는다면 목숨이 위험하다는 소리다! 그리고 실제로 그럴 만했다. 온몸이 새빨갛게 달아오른 놈이 그 산과 같은 거체로 날 깔아뭉개려 든 것이다!

"큭!"

막고 던지기? 받아쳐 날리기? 그런 판단을 할 시간은 주어지지 않았다. 그 찰나의 순간, 내가 본능적으로 선택한 것은 내게 가장 익숙한 스킬이었다.

[초절강타]

그동안 수없이 많은 블랙 드래곤들을 잡아왔던 내 주력 중의 주력 스킬인 [강타].

그 스킬을 한껏 강화한 스킬로, 나는 나를 덮쳐오는 지옥 멧돼지의 거체에 맞섰다!

빠악!

실제로 써보는 것은 처음이다.

[초절강타].

[강타] 네 개를 소모해서 강화하고 합성한 스킬. 그 효과는 근력 보정 10,000%. 그리고 내 근력 99+. 정확히도 몇인지도 모르는 근력 지수가 반영된 그 위력은……

빠지직! 으지직!!

퍼엉!!

놈의 단단한 두개골을 부숴 버리고도 모자라 충격이 전신으로 퍼져, 산과도 같았던 그 거체를 산산조각 낼 정도였다!

후두두둑.

살점과 내장이 사방으로 흩어지는 것은 보기에 그리 좋은 광경은 아니었다.

퍼석.

산산조각 난 건 지옥 멧돼지뿐만이 아니었다. 레어 장비임에도 오늘 하루 종일 혹사당했던 [홈런왕의 나무 배트]가 부서져 내렸다. 마지막에는 그래도 내구도 5 정도는 남아 있었던 것 같은데, 초절강타의 위력을 버텨내지 못한 것 같았다.

게다가 죽기 직전에 한계까지 끌어 올린 체온 때문에 주변은 작열 지옥처럼 변해 있었다. 흙은 타고 바위는 녹는다! 나는 기겁해서 뒤로 물러났다.

"으으윽!"

온몸이 따끔따끔거린다. 어느새 전신에 화상이 번져 있었다. 이 정도 열기였을 줄이야. 만약 이 일격으로 처치하지 못했다면 나도 위험했을 것이다.

아니, 지금도 화상 때문에 죽을 것같이 아프다. 이렇게 아팠던 게 또 언제였지? 아마 블랙 드래곤에게 산 채로 삼켜졌을 때 이래일 것이다.

그러나 고통과는 별도로 마음만은 푸근했다.

　―퀘스트 완료! 보상을 지급합니다. 인벤토리를 확인하십시오.
　―금화 1,000개(+100%), 기여도 1,000(+100%), 반격가 직업 경험치 1,000(+100%)

완료 보상을 수령하자마자 온몸에 힘이 솟아오르고 모든 고통이 가셨다.

　―레벨 업!

보상으로 얻은 직업 경험치로 반격가 7레벨을 달성한 덕이었다.

"흐흐흐흐……."

내 입에서 미친놈 같은 웃음소리가 새어 나왔다. 단순히 퀘스트 보상이 마음에 들었기 때문만은 아니었다. 강적을 쓰러뜨리고 승리했다는 이 쾌감! 그리고 그 승리를 밑바탕으로 더 강해졌다는 만족감!

지금 이 순간, 나는 처음으로 튜토리얼 세계에서 빠져나왔다는 것을 실감했다!

—황야 오크 우호도 150 증가!
—퀘스트 완료! 보상을 지급합니다. 인벤토리를 확인하십시오.
—퀘스트 완료! 보상을 지급합니다. 인벤토리를 확인하십시오.

"잉? 뭐야?"
승리에 도취되어 있던 나를 깨운 건 시스템 메시지였다. 오
크 놈들 우호도가 갑자기 왜 올라? 뜬금없네. 그렇게 생각한
것도 잠시였다.
와아아아아!!
저쪽 언덕에서 환호성을 내지르는 오크들의 모습을 발견하
고, 나는 뭐가 어떻게 된 건지 깨달았다. 저놈들, 내 뒤를 밟
았었군. 직감이 반응하지 않았다는 건 날 도우러 왔기 때문일
테고.
뭐, 좋다. 그 덕에 따로 품 들이지 않고 우호도 퀘스트를 다
깼으니.

—퀘스트 완료 보상: 금화 60개(+100%), 기여도 60(+100%)
—퀘스트 완료 보상: 금화 100개(+100%), 기여도 100(+100%)

방금 전에 금화 천 개짜리 퀘스트를 깨서 보상이 좀 적어

보이지만, 맵만 밝히며 금화 한 개에 일희일비하던 시절을 생각하면 배부른 소리 말라는 소리가 절로 나오는 숫자다.

그러니 뭐, 이 정도 답례 정도는 해줘도 되겠지.

나는 오크들을 향해 한쪽 손을 들어 올려 화답했다.

*   *   *

오크들이 이진혁의 뒤를 쫓은 건 그가 떠나고 한 시간 후의 일이었다.

"라카차, 역시 이건 무모한 짓이 아닌지?"

"오크답지 않은 소리 마라."

"아니, 라카차. 우리는 무모하지 않기에 살아남았어. 지옥 멧돼지와 싸운 오크는 모두 죽었지. 우린 이미 두려움을 모르는 게 미덕인 세대가 아니야."

라카차를 비롯한 황야 오크들은 원래 이렇게 숫자가 적지 않았다.

이 황야가 아직 황무지로 변하기 전, 이 지역에 살던 오크들은 수만을 넘겼다. 그때도 식량이 부족하긴 했지만, 오크가 너무 많아서 부족한 거였지 지금처럼 땅의 소산을 아무것도 얻을 수 없을 정도는 아니었다.

황야에서 살아남기 위해 오크들은 무제한적인 전쟁을 통해 숫자를 조절해야 했다. 무모함을 미덕으로 삼게 된 건 그만큼 사내의 목숨이 값싸졌기 때문이다.

갑자기 저 지옥 멧돼지가 나타난 날, 오크들은 자신들의 미덕에 따라 도망치지 않고 싸웠다. 그리고 싸운 자는 모두 죽었다. 지옥 멧돼지는 마치 오크를 땅에 난 순무 파먹듯 잡아먹었다.

살아남은 오크는 도망치는 법을 터득한 이들뿐이었다. 용감한 이들은 모두 죽었다. 살아남기 위해 두려움을 깨달은 이들만이 여기 모여 있는 것이나 다름없었다.

그러나 두려움을 알게 되었다고 부끄러움마저 잊어버린 것은 아니다.

"우리는 지고도 살아남았다."

누구한테 졌는지는 명백하다. 지옥 멧돼지와의 싸움에 패하고도 살아남은 오크는 없으니까.

"그리고 우리에게 패배를 선물해 준 건 바로 대장이다."

이진혁은 그저 [간파]와 [막고 던지기] 스킬의 수련치를 쌓기 위해 오크들을 이용한 것에 불과하나, 오크들은 이진혁의 '가르침'에 깊이 감사하고 있었다.

"지고도 살아남은 오크는 강해진다."

그것은 오크들 사이에서도 미신과도 같은 말이었다.

그러나 지금 이 자리에 그 미신을 믿지 않는 오크는 없었다.

실제로 오크들의 힘은 더욱 강해져 있었다. 상태창을 열지 못해 그 사실을 직접 깨닫진 못하지만, 오크들의 레벨은 이진혁이라는 괴물과의 전투를 통해 급상승한 상태였다.

"이런 은혜를 입고도 대장을 죽을 길에 밀어 넣는 짓은 오크로서 태어나서 절대 해선 안 될 짓이다."

라카차의 말을 들은 오크들의 눈은 어느새 붉어져 있었다.

"…우리는 도망치는 법을 배운 오크다."

방금 전까지 라카차에게 반박하던 오크의 가라앉은 목소리가 침묵을 깼다. 모든 오크들의 시선이 그를 향했다.

"그러니 최소한……. 대장이 그 괴물에게 잡아먹히기 전에 그 시체를 가지고 도망칠 수는 있겠지."

오크에게 있어서도 '잡아먹힌다'는 것은 최악의 죽음이었다. 그렇기에 만약 이진혁이 패배했을 때, 그의 시체를 갖고 도망친다는 건 그 무모함에 대한 예우처럼 느껴졌다. 적어도 오크들은 그렇게 생각했다.

"그러려면……. 대장 대신 누군가가 잡아먹혀야 할 거요."

누군가의 쉰 목소리가 새어 나왔다. 그 목소리에는 진한 공포가 묻어났다.

"놈은 빠르고 우리는 느리니……."

"솔직히 말해서, 나는 도망치는 데 질렸어."

라카차가 겁쟁이의 말을 끊고 말했다. 비록 겁쟁이 오크들의 모임이지만, 라카차는 이진혁이 찾아오기 전까지 이 오크 무리의 대장이었던 자다.

가장 용감하고, 가장 무모하다.

"내가 가장 앞으로 달려가고, 도망칠 땐 가장 뒤에 있겠다."

아무리 두려움이 미덕이 된 세대라 하더라도, 오크들은 부나방처럼 무모함에 매료된다.

라카차의 선언에 오크들은 더 이상 걸음을 망설일 수 없게 되었다. 아니, 오히려 전보다 빠른 속도로 달리기 시작했다. 이 진혁의 시체를 수습하기 위해 그 어떤 희생도 치르겠다는 각오가 그들로 하여금 잠시나마 두려움을 잊게 만들었다.

그 결과.

오크들은 그들이 꿈에도 생각 못 했던, 그러나 그들이 생애 통틀어 가장 바라 마지않았다는 것을 직접 목격하고서야 깨닫게 될 장면을 그 눈으로 목격하게 되었다.

그들의 친구를, 연인을, 가족을 잡아먹고 그들의 고향을 빼앗아 완전한 황무지로 만들어낸, 절대 항거할 수 없기에 절망이 되고 만 거대한 악적이 천만의 살점으로 흩어지는 장면을 말이다.

Chapter 6

　─이진혁 님! 대체 무슨 업적을 쌓으신 거예요?!

　레벨 업 마스터를 켰더니, 크리스티나까지 흥분해서 소릴 질러댔다.

　"완료한 퀘스트를 보면 알잖아."

　나는 변명하듯 대답했다. 그럴 수밖에 없는 게, 크리스티나 한테는 분명 안 한다고 말을 했었으니까. 아니나 다를까, 크리스티나가 소릴 빽 질렀다.

　─네! 필드 보스 토벌이요! 그냥… 보기만 하신다면서요!

　"가까이 가서 보려다 들켰어. 어쩔 수 없이 맞붙어서 처치 했지."

─말도 안 돼요! 비겁한 변명이에요!

음, 나도 말도 안 되는 변명이라고 생각한다. 그러니 굳이 더 다른 말을 보태진 않겠다. 그러나 이상하게도 크리스티나 는 별로 화가 난 것 같지는 않았다. 오히려 재빨리 자신의 말 을 정정했다.

─아, 죄송해요. 제가 너무 흥분해서 그만.

"아냐, 괜찮아."

내가 잘못했는걸, 이라고 이어주기도 전에 크리스티나가 먼 저 흥분을 가라앉히며 애를 썼지만 결국 불가능했던지 진하 게 흥분의 색이 묻어나는 목소리로 내게 이렇게 고지했다.

─그보다 이진혁 님, 기여도 2,000을 달성하셔서 중요 연맹 원으로 진급하시게 되었어요. 축하드립니다!

"아, 그렇게 됐나?"

드워프와 오크들한테서 퀘스트 보상을 뜯어낸 것에 이어 필드 보스까지 잡음으로써 어느새 2,000이라는 숫자를 채운 모양이었다. 모으기 시작했을 땐 이걸 언제 모으냐고 생각했 건만, 만 하루 만에 모아버렸다. 하핫.

유망주 다음은 중요 연맹원인가. 유망주와 달리 확실히 주 목받는 느낌이 드는 칭호다.

─졸업한 지 사흘 만에 두 개 인류 집단과 확고한 동맹을 맺고 필드 보스까지 쓰러뜨려서 중요 연맹원의 지위까지 거머 쥐다니! 전례가 없는 일이에요! 적어도 제가 알기론 그래요!!

그렇게 말하는 크리스티나의 목소리는 어째선지 좀 들뜬 기색이었다.

졸업한 지 사흘? 그러고 보니 튜토리얼 세계에서 나온 지 오늘이 사흘째인가. 사실 난 졸업 같은 건 한 적이 없지만.

하긴 다른 튜토리얼 졸업생들은 나처럼 99레벨도 넘겨서 오버플로우 될 정도로 성장한 상태가 아닐 테니. 내가 이례적인 것도 어떻게 보면 당연하다고 할 수 있었다.

뭐, 그거야 아무래도 좋을 일이다.

"필드 보스란 것들이 다른 지역에도 있나 보지?"

내게 있어서 중요한 건, 오늘 느낀 고양감을 다시 느낄 수 있느냐의 여부였다.

―네, 그렇죠.

크리스티나의 대답에, 내 입꼬리가 주체할 수 없이 올라갔다.

"그리고 필드 보스를 잡을 때마다 오늘 같은 보상이 나오고?"

―잡을 수만……. 있다면요?

금화와 기여도는 둘째 문제다.

지나치게 강해져 버린 내가 전투 경험치를 얻을 수 있는 구석이라고는 필드 보스뿐이다. 그런데 퀘스트로 추가 경험치까지 받을 수 있다니!

가슴이 뛴다.

"아마도 그 방법이 내가 가장 빠르게 강해지는 방법이겠지?"

답은 필드 보스 파밍이다!

내 혼잣말을 듣더니, 조금 전까지 들떠 있던 크리스티나의 목소리가 갑자기 가라앉았다.

─설마 이진혁 님······.

"아마 네 예상이 맞을 거야."

나는 크리스티나의 말을 끊어놓고서 웃었다.

─무모해요!

크리스티나의 항의에, 나는 표정을 진지하게 짓고선 무겁게 고개를 저었다.

"아니, 네 예상이 틀렸을지도 모르겠다."

─그럼 다른 필드 보스를 잡으러 가실 건 아니죠?

주저주저, 크리스티나는 확인하듯 물었다. 나는 시원하게 고개를 끄덕여 주었다.

"어, 그건 맞아."

─무모해요!

아까와 같은 대답이 돌아왔다. 하긴 그렇다. 오늘 지옥 멧돼지를 잡아내긴 했지만, 위험한 순간이 한 번도 없었던 건 아니다. 그래, 내게도 부족한 면은 있다. 인정한다.

"이게 무모한 짓이라면, 앞으로는 무모한 짓이 아니게 만들어야지."

내겐 아직 성장의 여지가 남아 있다. 내가 여기서 더 강해진다면 제아무리 상대가 필드 보스라 한들 '무모하다'는 말은 안 나오게 될 것이다.

"그만큼 충분히 강해지면 되는 문제야."

—애초에 필드 보스를 혼자 상대하겠다는 발상 자체가 문제예요! 그런 건 불가능하다고요!!

크리스티나의 말은 조금 의외였다.

"혼자서 상대하는 게 불가능하다고?"

—네! 필드 보스는 세력 단위로 모여 토벌하는 게 기본이에요. 아무리 적어도 10명, 많을 땐 세 자릿수에 달하는 연맹원이 토벌 퀘스트에 참전해요.

그건 좀 이상한데?

"그럼 나한테 준 퀘스트는 뭔데?"

—혼자 상대하시라고 드린 퀘스트는 아니었어요. 주변의 다른 세력에 도움을 청할 생각이었다고요.

어째 시간을 끌더라니, 크리스티나는 그녀 나름대로 흉계를 꾸미고 있었던 모양이다. 아, 어쨌든 날 도우려 한 거니 흉계라고 하는 건 좀 너무한가?

"다른 자들이 퀘스트에 동참하게 되면 보상이 깎이나?"

내 되물음에 크리스티나의 말문이 잠깐 막혔다.

—…다소는요? 그야 퀘스트 난이도가 조금은 내려갈 테니…….

"그러면 안 되지."

나는 단호히 고개를 저었다. 그러자 크리스티나는 처연히 내게 외쳤다.

─죽는 것보단 낫잖아요!

"나 안 죽고 혼자 잘 해결했잖아."

또 크리스티나의 말문이 막혔다. 이거 재밌다.

─…헬리펀트, 지옥 멧돼지는 필드 보스들 중에서도 약한 축이에요!

그 말을 듣자 가슴이 저절로 뛴다. 살아 있다는 실감이 든다.

"그럼 더 강한 놈들이 우글거린다, 그거야?"

─네!

"그것 참 기대되는군."

나는 더 강해질 것이다. 강해질 방법을 손에 넣었다.

그리고 더 강한 놈에게 도전할 것이다. 그 더 강한 놈이 실존한다.

"그거면 됐어."

─네?

"고마워, 크리스티나."

나는 진심으로 그녀에게 감사했다.

─벼, 별말씀을……. 요?

그녀는 내가 왜 감사 인사를 했는지 모르는 눈치였다. 나는 굳이 인사의 이유를 설명하려 들지는 않았다. 그저 유쾌한 마음에, 한 번 크게 웃었다.

살아 있다는 건 좋은 거다!

*   *   *

지옥 멧돼지를 죽임으로써 내가 얻은 건 퀘스트 보상뿐만
이 아니었다.

멧돼지와의 싸움으로 [홈런왕의 나무 배트]를 해먹는 바람에
대체할 무기가 필요했는데, 마침 괜찮은 무기가 발견되었다.

그것은 바로 지옥 멧돼지의 뿔이었다.

[헬리펀트의 뿔]

—분류: 무기

—등급: 전리품(Loot)

—내구도: 100/100

—옵션: 공격력 +12

—설명: 성체가 된 헬리펀트에게서 채취할 수 있는 뿔. 격노한
상태의 헬리펀트에게서만 얻을 수 있어 매우 희귀하다.

프랑스 군용 대검 모양의 그 뿔은 매우 크고 무거웠으나,
내 근력이라면 이쑤시개처럼 다룰 수 있다. 무엇보다 튼튼한
게 마음에 들었다. 단지 손잡이가 없는 것만이 약간 걸릴 뿐

이다.

　―헬리펀트의 뿔을 구하셨군요.

　뿔을 들고 이리저리 휘둘러 보는데, 갑자기 링링이 내게 말을 걸어왔다.

　―날을 가다듬고 적절한 가공 처리를 하면 더 강력하고 튼튼한 [헬리펀트의 뿔 대검]으로 사용하실 수 있는데…….

　"뭐야, 광고하러 나온 거야?"

　―그게 제 일이니까요.

　링링은 당당했다.

　―그나저나 이렇게까지 빨리 중요 연맹원이 되실 거라곤 생각 못 했어요. 아무리 그래도 하루에 한 단계씩 진급하시는 건 말이 안 되잖아요?

　"그렇다더군."

　이미 크리스티나에게 들은 사실이라 나는 그냥 고개를 끄덕여 주고 말았다.

　―어쨌든 보세요.

　링링은 그 자리에서 한 바퀴 돌아 보였다. 나는 쟤가 왜 저러나 하고 멀뚱히 바라보고 있다가, 문득 물었다.

　"머리 잘랐어?"

　―아니에요! 제가 아니라 이 방을 보시라고요!

　"방? 상점?"

　―네!

잘은 모르겠지만, 전보다 주변에 놓인 상품들이 반짝반짝해진 것 같은 느낌이 든다.

—중요 연맹원 담당 전속 상점이랍니다! 업그레이드됐어요!

"오오!"

나는 손뼉을 짝짝짝 쳐주었다. 사실 차이점은 잘 모르겠지만, 어쨌든 링링이 좋아하는 걸 보니 칭찬을 해주어야겠다는 생각이 들어서였다.

—에헤헤. 고마워요. 이게 다 고객님 덕분이에요.

"그렇군. 그럼 뭐 살 수 있는 게 더 늘긴 한 건가?"

—그것도 그렇지만요. 오늘 소개해 드릴 서비스는 다른 거예요.

새로 제공할 수 있다는 그 서비스란 게 꽤나 자랑스러운 듯, 링링은 한참이나 뜸을 들이더니 눈을 반짝반짝 빛내며 내게 이렇게 제의했다.

—장인을 섭외해 드릴까요?

"뭐? 섭외?"

—네. 고객님이 중요 연맹원으로 진급하시면서 새로 이용하실 수 있게 된 서비스예요. 모험을 하시다가 얻은 소재를 장인에게 맡겨서 상점에는 없는 맞춤형 장비를 제작하실 수 있죠.

그건 분명 매력적인 제안이었다. 헬리펀트의 뿔은 그 자체로도 훌륭한 무기지만, 영 다루기 불편한 점이 분명 있으니까.

—대신 비싸고 시간이 걸리죠. 가치 있는 것은 그냥 얻을

수 없답니다!

"얼마나?"

─그건 이제부터 알아봐야 해요.

이 여자 묘하게 허당이라니까. 아니, 묘하게도 아니고 대놓고지.

검색을 한다던 링링은 굉장히 오래되어 보이는, 청나라 때나 썼을 법한 골동품 전화기를 조작하는 모션을 취했다. 크리스티나는 그래도 디지털 패드 같은 거였는데. 묘하게 시대에 뒤떨어져 보여 재밌었다.

그런 그녀에게 나는 이렇게 덧붙였다.

"내가 원하는 건 대검이 아니야, 링링. 반격가용 무기로 가공해 줬으면 좋겠어. 가능할까?"

─미리 말씀해 주셔서 감사해요. 다시 돌려볼게요!

링링은 한참 다이얼을 돌리더니, 다시 내 쪽을 보며 말했다.

─됐어요! 반격가용 무기를 만들 줄 아는 뿔 가공 장인을 찾아냈어요! 인류연맹에 등록된 수많은 장인들 중에 단 한 명! 존재해요.

왜 단 한 명이라는 말을 강조하지?

"좋아, 그럼 가격과 작업에 걸리는 시간을 알아봐."

─네!

링링이 대답하기도 전에 레벨 업 마스터의 화면에 아이콘과 함께 설명이 떴다. 나무껍질 같은 피부에 사슴뿔 같은 뿔이 돋아난 기괴한 인간의 얼굴이 좌측에, 우측에는 내가 원하던 가격과 시간 정보가 기록되어 있었다.

─오로토, 뿔 가공 장인
─[헬리펀트의 뿔]을 [헬리펀트 뿔 라켓]으로 가공 가능
─제시 가격: 금화 2천 개
─소요 시간: 약 1개월

"금화 2천 개?!"

나는 급히 내 금화 보유량을 체크해 보았다. 최근 꽤 많이 벌어들이긴 했지만, 그래도 2,000개는 안 된다. 얼른 주변을 돌아 지도퀘를 깨고 30개 정도만 더 벌면 될 것도 같은데⋯ 아니, 가능하다는 게 중요한 건 아니다. 그 전에 이 명제에 대해 고민해 보지 않으면 안 된다.

과연 [헬리펀트 뿔 라켓]에 내 전 재산을 밀어 넣을 가치가 있을까? 게다가 제작에 한 달이나 걸린다는데, 그 시간을 기다릴 가치가 있을까?

그것을 알아보기 위해서는 일단 [헬리펀트 뿔 라켓]이 어떤 물건인지 알아야 할 필요가 있었다.

다행히 레벨 업 마스터는 내게 아이템의 세부 사항을 열람할 수 있는 권한을 부여해 주었다. 나는 사양하지 않고 그 권한을 사용했다.

　　　　　*　　　　　*　　　　　*

[헬리펀트 뿔 라켓]

─분류: 무기

─등급: 매우 희귀(Super Rare)

─내구도: 150/150

─옵션: 공격력 +11, 위엄 +2, 매력 +2

─설명: 헬리펀트 뿔을 재료로 만든 매우 아름답고 멋진 라켓. 당신이 헬리펀트의 돌격마저도 받아낼 수 있는 반격가라는 것을 주위에 알리기에 대단히 적합한 무기가 될 것이다.

없다!

이 아이템에 금화 2,000개라는 내 전 재산을 오버하는 예산을 투자할 가치 따위는 없었다. 왜냐하면…….

"야이……. 의장용 무기잖아!"

올라가는 공격력은 11에 불과하다. 물론 이것도 [녹슨 대검]보다는 높긴 했고, [홈런왕의 나무 배트]의 세 배에 달하지만 옵션이 문제다. 위엄 +2에 매력 +2? 전투 옵션이 아니잖아!

─아, 다른 제안도 와 있어요. 만약 헬리펀트 뿔을 팔겠다면 자신이 매입하겠다네요. 시가의 두 배를 주겠대요.

링링은 내 비난을 들은 척 만 척하고 계속해서 말했다. 그래도 나름 제안을 들어볼 만은 했기에, 나는 꾹 참고 물었다.

"시가가 얼만데?"

—금화 2천 개요.

"…뭐?"

내 전 재산보다 조금 많다. 아니, 이건 시가니까…….

"금화 4천 개에 사겠다고?"

갑자기 가격을 너무 높게 부르니, 순간적으로 받아들이기가 힘들었다. 아니, 헬리펀트의 뿔을 가공한 라켓이 금화 2천 개인데 그 두 배에 재료 아이템을 사들이겠다고? 이 오로토라는 장인, 제정신인가?

내 생각을 아는지 모르는지, 링링은 낡은 전화기를 붙든 채 다이얼을 돌리며 내게 이렇게 말해주었다.

—네. 잡은 지 얼마 안 된 헬리펀트의 뿔은 매우 희귀하니까요. 고객님의 [헬리펀트의 뿔] 정보를 보더니 그렇게 제의하더군요. 경매 같은 걸 붙여서 낙찰되길 기다리면 뿔의 신선도가 떨어지니, 그 전에 받아서 가공하고 싶다고 하네요.

저 다이얼 돌린다고 뭐 정보가 검색이나 되나 싶은 마음이 들긴 하지만, 지금은 그런 거에다 태클 걸 때가 아니다.

뿔의 신선도라. 생각해 본 적도 없다. 애초에 신선도라는 단어는 먹을 것에나 붙는 게 당연한 거 아니었나? 나야 그렇지만 뿔 장인이자 뿔 마니아인 오로토라는 사람에게는 다르게 느껴지는 모양이다.

아무래도 오로토는 생산성이나 수익성은 도외시하고 멋진 물건을 만들어내는 데 심취한 타입의 장인인 것 같았다. 그러니 이 훌륭한 뿔로 실전성이라고는 없는 의장용 무기나 만들고 앉았겠지.

─솔직히 말씀드려서 그냥 이분한테 뿔을 넘기고 반격가용 무기를 상점에서 구매하시는 게 나을걸요. 고객님도 이제 중요 연맹원으로 진급하셔서 희귀 무기도 구입하실 수 있게 됐으니까요.

링링의 발언은 지극히 온당했다. 금화 4천 개가 뉘 집 애 이름도 아니고. 금화 하나를 100만 원으로 치면 40억 원이나 되는 거액인데.

─아, 방금 제시액을 금화 5천 개로 올렸어요. 이 이상은 무리라고 하네요. 오늘을 넘기면 뿔의 가치가 떨어지니 오늘 내로 거래를 성사시키고 싶다고도 말했어요.

1분 고민하는 사이 뿔 가격이 10억 원 올랐다.

"…뿔 가공 장인이 많이 남겨먹는 직업인가?"

─솜씨 좋은 장인이라면 이미 돈 문제는 초월했을걸요? 뭐, 금화 5천 개는 장인들에게도 거금이겠지만요.

하긴 내게 라켓을 만들어주는 가공비만도 금화 2천 개를 제시할 정도다. 벌이야 좋겠지.

─그런데 방금 또 조건을 추가했어요. 금화 5천 개에 자기가 만든 적당한 가공품 하나를 넘겨주겠다고 하네요.

"그만하라고 해! 그 사람 거래할 줄 정말 모르네!!"

아무래도 내가 마음을 바꿔 먹을까 봐 안달이 난 모양이다. 게다가 물건을 얹어주겠다는 걸 보니 여유자금을 모조리 부은 건 사실인 모양이다.

"좋아, 딜!"

거래 결과.

나는 금화 5천 개를 손에 넣었고, 뿔 가공 장인 오로토 씨는 뿔을 받아 갔다. 그리고 덤으로 온 가공품의 정체는 바로……

[헬리펀트 뿔 라켓]

"이게 그거야?"

—네. 보내준다는 가공품. 어차피 팔리지도 않으니 그냥 가져가라네요.

아무래도 반격가가 드물긴 드문 모양이었다. 이런 걸 공짜로 줄 정도니.

반격가의 회귀도와는 별개로, 뿔 라켓이 실전에 별로 쓸모가 없다는 것도 한몫했을 것이다. 뿔을 그냥 무기로 써도 공격력 12인데, 뿔 라켓은 그것보다도 낮아지니. 손해 보는 느낌이 너무 피부에 닿게 느껴진다.

인벤토리에서 꺼내서 직접 보니 진짜 멋지긴 했다.

내 생각하곤 조금 다르게 라크로스 라켓 같은 모양이었는데, 뿔 특유의 프랑스식 군용 대검 같은 실루엣은 그대로 살린 채 라켓만 달아둔 형태였다.

겉면에는 뭘 칠해둔 건지 석양빛을 받아 아름답게 반짝반짝 빛났고, 라켓과 봉의 연결 부위에는 회오리 같은 섬세한 조각이 새겨져 매우 기품 있어 보였다.

결론은…….

"이걸 어떻게 무기로 쓰나?"

옵션만 보고 의장용 무기라고 폄하하긴 했는데, 받고 보니 진짜 의장용이었다. 어디 높으신 분이 행사 때나 들고 나올 법한 외견이지 않은가?

—그러게요. 아, 오로토 씨께서 뿔이 굉장히 마음에 든다고 전해달래요. 정말 크고……. 아름답대요. 또 구할 수 있으면 전력을 다해 매입할 테니 언제든 연락해 달라네요.

"그래. 나도 라켓 잘 받았다고 고맙다고 전해줘."

과연 이걸 쓸 일이 있을까 싶긴 하지만 말이지.

*   *   *

어느 차원의 어느 장소.

이진혁이 막 지옥 멧돼지, 공식적으로는 헬리펀트라고 명명된 필드 보스를 무찔렀을 때.

그들은 창문 하나 없는 작은 방에서 테이블 하나 놓고 둘러

앉아 포커를 치고 있었다.

"…음?"

테이블 한 귀퉁이를 차지하고 앉아 있던 남자가 고개를 갸웃거렸다.

"뭐야, 왜 그래? 또 블러핑이야?"

맞은편에 앉은 남자가 그에게 시비를 걸어왔다.

"아니, 메시지가 하나 날아와서. E—20지역에 배치해 둔 살균 병기가 망가졌다는군."

"그게 중요해?"

맞은편의 남자는 메시지의 내용을 듣고도 여전히 까칠했다. 그런데 오른편에 앉은 남자가 끼어들었다.

"중요하지. E—1지역부터 20지역까지 관리하는 유능한 관리자님이시잖아. 적어도 포커보다는 중요하지."

"넌 관리자 아닌 것처럼 말한다?"

"적어도 문제가 일어난 게 내 관할은 아니니까."

"쳇."

둘이 나누는 대화를 듣다 말고 맞은편의 남자가 혀를 찼다.

"여기서 그만둔다고 말하면 가만두지 않겠어. 따고 도망가기 있어? 없지."

맞은편의 남자는 오늘 잔뜩 잃어 기분이 좋지 않아 보였다. 왼편의 남자는 맞은편의 남자 눈치를 보고 있다. 그 둘이 하는 양을 보며, 오른편의 남자가 낄낄 웃었다.

"얼른 다녀와. 이러다 살균 작업이 늦어지기라도 하면 불호령이 떨어질 거야."

"귀찮은데……."

메시지를 받은 남자는 머리를 벅벅 긁었다. 마침 쥔 패가 좋았다. 별로 일어나고 싶지 않았다. 그런 남자의 반응을 민감하게 캐치한 맞은편의 남자가 갑자기 태도를 바꿔 선심이라도 쓰듯 손을 내저었다.

"그래, 다녀와라. 허락해 주지. 대신 도망치면 죽는다. 갔다 와서 다시 시작하자고."

"뭐야. 이 판까지만 하고 갈 거야."

버텨보려는 남자지만, 그런 그의 행동에 이미 테이블을 둘러앉은 다른 남자들은 다 눈치를 채버렸다. 이래서야 지금 와서 블러핑을 걸어봤자 다 죽을 게 빤했다.

"급한 일이잖아. 다녀와."

왼편의 남자마저도 머뭇거리며 그렇게 말하니, 메시지를 받은 남자도 포기하고 한숨을 내쉬었다. 그는 패를 내려놓았다.

"어떤 놈인지 몰라도 꼭 죽인다."

메시지를 받은 남자는 날개를 펼쳤다.

그 날개는 광휘로 이루어져 있었다.

＊　　　＊　　　＊

그날 밤에는 비가 내렸다.

나는 아직 드워프와 오크의 임시 주거지에 머물고 있었다.

나는 반격가 스킬의 수련치를 마저 채우기 위해 오크들을 굴렸고, 드워프들은 내 녹슨 대검 99자루를 수리하기 위해 동분서주하고 있었다.

비가 내리자 오크들과 드워프들은 모든 일을 멈추고 그 자리에서 춤을 추기 시작했다.

"비다!"

"물이다!"

"생명이다!"

오크와 드워프가 뒤엉켜 서로를 부둥켜안고 소리 지르고 날뛰는 모습은 새삼 보기에도 대단한 장관이었으나 그것도 오래지는 않았다. 곧 그들은 분주하게 움직이며 펼칠 수 있는 천은 다 펴고 조잡하게나마 만들어둔 통과 항아리 따위의 뚜껑을 열어 빗물을 받기에 바빴다.

이야기를 들어보니 이 황무지에 비가 오는 건 드문 일이라고 한다. 평소엔 오줌을 증류시키거나 서로 피를 빨아가며 버텼던 그들이다. 상대적으로 깨끗한 민물을 얻을 수 있다는 것에 그들은 기뻐하고 있었다.

오크와 드워프의 환호성을 들으며, 나는 드워프들이 나를 위해 파준 구덩이 안에 들어가 앉았다.

수련치를 채우는 건 급한 일이 아니었고, 빗물에 몸을 적셔

가면서까지 수련치를 채우고 싶진 않았다.

구덩이 안에는 불을 피워놔서 별로 눅눅하지도 않았고 따스하기도 해서 나름 아늑했다.

자연스럽게 찾아온 졸음을 나는 거부하지 않았다. 딱히 잘 필요는 없지만, 그렇다고 안 잘 이유도 없었다.

꿈을 꾸었던 것 같지만, 꿈의 내용은 잘 기억나지 않았다.

별로 중요하지도 않은 꿈에 신경을 쓸 여유도 없었고.

직감이 날카롭게 반응하고 있었다.

그저 아늑하기만 한 이 구덩이 안에 대체 무슨 위협이 있다고?

나는 의문을 떠올리는 것보다 먼저 행동했다.

구덩이 바깥으로 뛰쳐나가자마자 폭발이 일어났다.

콰앙!

폭발음이 목덜미 바로 뒤를 스치고 지나갔다. 그러나 먼저 명확하게 하자면 그것은 폭발음이 아니었다. 거대한 존재가 내가 방금 전까지 있던 구덩이를 짓밟은 것 같았다. 그런 흔적이 보였다.

─도망쳐요!

크리스티나가 외쳤지만, 이미 늦었다는 것을 나는 직감했다.

하늘에 구멍이 난 것처럼 장대비가 내리고 있었다.

광휘의 날개를 단 존재만을 피해서.

"아저씨, 이런 데서 불 피우고 주무시면 안 돼요."

그 존재가 내게 말했다.

저놈이 내 안락한 구덩이를 짓밟은 범인인 건 거의 확실해 보였다. 하지만 어떻게? 저놈은 그리 거대하지 않았고, 단 번에 구덩이를 납작하게 만들어 버릴 수 있을 것처럼은 보이지 않았다.

사실 놈은 겉보기엔 그냥 인간처럼 보인다. 아니, 날개를 단 시점에서 이미 인간이 아니지만. 지옥 멧돼지처럼 거대하지도 않고 블랙 드래곤처럼 딱 봐도 강해 보이지도 않는다.

그러나 내 직감은 요란한 경종을 멈추지 않고 있었다.

놈은 블랙 드래곤보다 강하고, 내가 이제껏 보아온 그 어떤 존재보다 강하다는 것을.

"크리스티나. 저놈은 대체 뭐야?"

─교단의 인퀴지터예요!

교단? 인퀴지터? 이단심문관? 그게 무슨 소리지? 내가 되묻기도 전에 크리스티나는 신경질적으로 외쳤다.

─설명할 시간 없어요! 도망쳐요!!

"…갑갑하군."

저 날개 달린 놈을 피해서 어디로 도망친단 말인가? 내겐 S랭크 질주가 있긴 하지만, 그 스킬로도 저놈을 따돌릴 수 있다는 보장은 어디에도 없었다.

놈은 광휘로 이루어진 날개를 퍼덕이지도 않고 허공에 멈춘 채, 날 벌레처럼 내려다보고 있었다.

"어디서 [캠프파이어] 스킬을 배웠는지는 모르겠지만…….

지금 지상의 잡균들에게 [불]은 금지되어 있다. 벌레."

아무래도 날 벌레처럼 내려다본다는 건 내 일방적인 피해 망상인 것만은 아닌 것 같았다.

"벌레처럼 짓밟혀 죽어라."

콰앙!

＊　　　＊　　　＊

나는 데굴데굴 구르며 적의 공격을 피해냈다. 그냥 직감과 민첩만으로는 피해낼 수 없었을, 빠르고 범위가 넓은 공격이었다. 물론 내가 이 공격을 피해낼 수 있었던 건 그저 운만 따랐던 덕은 아니었다.

[간파]
─[천마군림보]

[간파] 스킬이 작용해 준 덕이었다. 더 정확히는 A랭크에 도달하면서 새로 얻게 된 세부 효과 덕이었다.

─[간파] A랭크 세부 효과
공격한 적의 방향과 위치를 알 수 있다.(직감 수치에 따라 정확도가 달라진다.)

확률적으로 적이 사용한 스킬에 대해 알 수 있다.(직감/행운 수치
에 따라 확률이 달라진다.)

내가 방금 전까지 있던 곳이 큼지막한 발자국으로 인해 푹
패여 있었다. 과연, 그렇군. 방금 전에 내 구덩이를 파낸 건 저
[천마군림보]란 스킬인 건가. 간담이 서늘해지는 공격이었다.

만약 내가 반격가가 아니었다면 이 공격을 피하지 못했겠
지. 나는 직감적으로 느꼈다. 만약 직업 선택을 잘못했다면
나는 바로 직전의 상황에서 살해당했을 터였다.

그렇다. 저 공격, [천마군림보]는 나를 일격에 짓이겨 버리기
에 충분한 위력을 갖고 있었다.

"내 공격을 피하다니……."

인퀴지터 놈이 살짝 놀란 눈으로 날 쳐다보고 있다. 그러나
그건 단순한 시선이 아니었다.

[간파]

―적이 [분석] 스킬을 사용했습니다.

―회피 불가!

―당신은 분석당했습니다. 분석률: 12%

이런 것도 스킬인 건가! 젠장, 당했다!

"과연, 네 직업은 반격가로군. 내 스킬을 [간파] 같은 걸로 미리 보고 피한 거겠군. 꼴에 반격가이긴 하다는 건가? 뭐, 그래 봐야 1차 직업의 7레벨이라. 벌레는 벌레인가."

인퀴지터 놈은 내게 다 들리게 혼잣말을 하고 있었다. 날 얕보기에 저러는 거겠지. 하지만 놈의 방심은 내게 많은 정보를 선사해 주고 있었다.

적도 스킬을 사용하고 직업과 레벨의 개념에 대해 이해하고 있다. 그럼 저놈도 플레이어인 건가? 아니, 상태창을 볼 수 있는 게 플레이어뿐만은 아니다. 튜토리얼의 NPC 중에도 자신의 상태창을 볼 수 있는 놈은 있었으니까.

그러나 상대의 상태창을 들여다볼 수 있는 놈은 없었다. 저놈이 얼마나 규격 외의 적인지 알 수 있는 요소였다. 아니, 정보라고 주는 게 내게 불리한 정보뿐이잖아?!

비록 직업과 직업 레벨을 들키긴 했지만, 여전히 혼잣말을 지껄여 대며 날 얕보는 걸 보니 능력치까지는 들키지 않은 것 같았다. 99+를 하나라도 봤다면 저렇게까지 무방비하게 내게 빈틈을 노출해 줄 리는 없을 테니까.

…아닌가? 99+를 보고도 여유를 부리고 있다는 경우의 수가 존재한다. 하지만 그 정도로 강하다면 애초에 내게 승산 따윈 없다.

결국 난 전자에 걸 수밖에 없다. 이런 데서 그냥 죽음을 받아들일 수는 없으니까. 뭐라도 할 거라면 차라리 가능성이 있는 쪽에 걸겠다!

"링링. 뭐라도 좀 꺼내봐. 지금 이 상황을 타개할 수 있는 거! 좀 비싸도 상관없어!"

나는 링링을 부르며 잔여 미배분 능력치를 모조리 행운에 쏟아부었다. 2차 직업을 위해 배분하지 않고 남겨두었던 거지만, 상황이 이렇게 된 이상 행운에라도 기대야 했다.

행운: 30

다행히 내겐 불과 몇 시간 전에 번 금화 5천 개가 있다. 이 돈으로 상황을 타개할 수 있는 물건을 살 수 있다면 참 다행일 텐데.

하지만 내겐 한가하게 레벨 업 마스터나 들여다보고 있을 시간은 없었다.

[간파]
―[천마군림보]
[간파]
―[천마군림보]

콰앙! 콰앙!
링링이 대답을 하기도 전에 인퀴지터가 스킬을 연달아 사용해 왔다. 아니, 저놈은 스킬에 쿨타임도 없나! 나는 급히 질주를 활성화시켜 천마군림보의 피해 영역에서 벗어났다.

"뭐야, 반격가 주제에 왜 이렇게 빨라?"

말하는 것과는 달리, 인퀴지터는 낄낄대며 웃었다. 보아하니 날 밟아 죽이는 걸 재미있는 게임이라고 생각하기 시작한 듯 했다.

"더 도망가 봐! 필사적으로 도망치라고!!"

[간파]
[간파]
[간파]
[간파]
[간파]

쾅쾅쾅쾅쾅!!

"큭……!!"

진짜로 쿨타임이 없는 건가. 연달아 다섯 번이나 사용된 천마군림보에 나는 질주의 궤도를 바꿔가며 필사적으로 회피에 전념해야 했다.

―있어요!

"뭐가!"

―능력치 두 배 부스터! 3분짜리! 금화 500개!!

고작 3분짜리 부스터가 뭐가 그렇게 비싸?! 라고 불만을 말할 처지가 아니었다. 지금 이 상황을 타개하기 위해서라면 금화 500개가 아니라 5000개라도 써야 할 판이었으니.

"딜!"

　─인벤토리를 확인해 주십시오.

　나는 눈을 재빨리 움직여 인벤토리에 새로 들어온 반짝반짝 빛나는 부스터 물약을 지정했다.

"뭘 안구를 그렇게 열심히 움직이시나?"

　젠장! 놈은 내가 시선으로 시스템의 인터페이스를 조작한다는 것까지 알고 있는 건가! 하긴 플레이어라면 당연히 알고 있을 정보였다.

　[간파]
　─[천마군림보]

　쾅!

　눈앞이 번쩍였다.

"끄아아악!"

　입에선 자동적으로 비명이 터져 나왔다. 결국 맞았다. 맞아 버렸다. 하반신을 짓밟혔다. 무시무시한 고통이 내게서 이성을 앗아간다. 보지 않아도 알 수 있었다. 놈의 스킬로 인해 내 하반신은 완전히 짓이겨졌으리란 걸.

그러나 나는 정신까지 놓치지는 않았다.

"크으으읍!"

―[간파] 랭크 업!

―스킬: [간파]가 S랭크에 도달했습니다.

―스킬 수련치와 랭크 업 보너스로 반격가 경험치가 상승합니다.

―레벨 업!

―반격가 8레벨에 도달했습니다.

나는 고통을 견디고 [간파]의 랭크 업을 승인하는 데 성공했다. 그리고 그 경험치를 통해 레벨 업을 해서 하반신이 다 날아가는 큰 부상을 회복시킬 수 있게 되었다.

그간 오크 상대로 깨작깨작 쌓아온 잡수련치와 저 인퀴지터 놈의 천마군림보에 반응하면서 쌓은 수련치 덕에 가능했던 일이다.

그렇다고 크게 상황이 나아진 것 같지는 않지만……

"호오, 레벨 업으로 회복했군. 이런 상황을 위해 랭크 업을 아껴둔 건가? 좋은 센스다."

인퀴지터는 날 칭찬하는 여유를 부렸다. 매우 기뻤다. 그

덕에 인벤토리에서 부스터 물약과 무기를 꺼낼 여유를 얻었으니 말이다.

나는 주사기 바늘이 달린 앰플을 내 허벅지에 푹 찔러 넣었다. 그러자 내 전신에서 힘이 용솟음치기 시작했다.

근력: 99+(+100%)
강건: 99+(+100%)
민첩: 99+(+100%)
솜씨: 99+(+100%)
직감: 99+(+100%)

행운은 증폭되지 않는군. 설명을 제대로 들을 시간이 없었으니 링링에게 클레임을 넣을 수도 없다. 더군다나 그걸 제하고도 능력치 부스터는 충분히 돈값을 했다.

내 능력치는 대체 얼마일까? 나도 구체적인 수치는 모른다. 하지만 지금 내 몸을 흘러 다니는 이 신적인 힘은 그런 궁금증을 사소한 것으로 만들기에 충분했다.

"네, 네놈……."

인퀴지터는 눈을 크게 뜨고 날 노려보았다. 그러고 보니 저 녀석이 날 노려본 건 이번이 처음이다.

"그 무기는……. 헬리펀트의 뿔을 가공한 것이로군……. 그래……. 그랬군."

그런데 반응이 심상치 않았다. 아무래도 저놈이 날 노려본 건 내가 능력치 부스터를 맞았기 때문이 아닌 것 같았다.

"E—20지역의 살균 병기를 파괴한 것은 너로구나, 이 하찮은 도둑 새끼야!!"

내가 오른손에 든 무기, [헬리펀트의 뿔 라켓]이 녀석을 분노케 한 원인인 것 같았다. E—20지역의 살균 병기란 게 그 지옥 멧돼지인 거겠지.

뭐, 이렇게 냉정한 분석을 하고 있을 때는 아니었다.

[간파]

—[천마군림보]

[막고 던지기]

쿠웅!

이번의 폭발음은 인퀴지터의 천마군림보로 인해 난 것이 아니었다. 내가 놈의 몸을 지면에 메다꽂는 소리였다. 그 천마군림보를 내가 [막고 던지기] 한 결과였다.

와, 뭔 생각으로 저 무시무시한 천마군림보를 안 피하고 [막고 던지기]를 쓸 판단을 했지?

정확하게 하자면 생각으로 판단한 게 아니다. 두 배로 늘어난 내 [직감]이 멋대로 내 몸을 움직인 것에 가깝다. 날카롭게 벼려진 직감은 이미 본능마저도 뛰어넘어 있었다.

이래서야 직감에 지배당하는 것이나 다름없군.

하지만 싫지 않다.

왜 저 높은 허공에서 스킬을 썼는데 나한테 잡혀서 지면에 처박혔는지는 나도 모른다. 스킬이 물리법칙을 거스르는 게 하루 이틀 일도 아니고, 그러려니 하는 거지 뭐.

"끄윽?!"

영문을 몰라 하는 건 나뿐만이 아닌 것 같았다. 지면에 처박힌 인퀴지터 놈의 잘생긴 얼굴에 물음표가 가득 떠 있는 걸 보니 말이다.

"후후."

내 입술 사이로 멋대로 웃음소리가 흘러나왔다.

투쾅!!

다시 한번 직감이 내 몸을 지배했다. 지면에 메다꽂힌 인퀴지터 놈의 안면에 [초절강타]를 때려 박은 것이 그것이었다.

이런 상황임에도 놈은 반응하고 피하려 했으나, 놈에게는 유감이지만 내 민첩과 솜씨가 더 높은 모양이었다.

푸확!

"오, 이런."

단 일격의 승부였다.

인퀴지터의 육체는 그 자리에서 한 줌 핏물이 되어버렸다. 내가 너무 세게 때리는 바람에 형체조차 남지 않은 것이다.

내가 튜토리얼 세계에서 보낸 세월은, 00레벨까지 올린 건 결코 헛짓거리가 아니었다. 내 목숨을 구해주고 내게 승리를 가져다주었으니 말이다.

일격에 인퀴지터를 없애 버린 대가가 없지는 않았다. 단 일격이었음에도 라켓의 내구도가 50이나 날아갔다. 하지만 거래로써는 꽤 이득인 셈이다. 내 목숨보다 비싼 건 없으니 말이다.

그래도 괜히 손해를 본 것 같은 느낌에 입맛을 다시고 있으려니, 내 생각을 완전히 뒤엎는 문구가 상태창에 떠올랐다.

─승리!
─강적을 처치했습니다.
─레벨 업!
─레벨 업!

와, 이게 얼마 만에 보는 메시지지? 한때는 질리도록 본 메시지였지만, 지금 보니 반가워서 미칠 지경이다.

강적 처치 경험치!

자기보다 수준이 높은 적을 처치할 때만 얻을 수 있는 경험치로, 내가 이 메시지를 마지막으로 본 게 70레벨대일 때였다.

지옥 멧돼지를 처치했을 때도 안 들어온 경험치다. 꼼짝없이 스킬 수련치와 퀘스트로만 레벨을 올릴 수 있겠다 싶었는데, 이런 데서 강적 처치 경험치로 레벨 업을 할 수 있게 될 줄이야. 게다가 경험치의 양이 레벨 업을 두 번이나 할 정도라니……

반대로 말하자면 이 인퀴지터 놈은 99레벨을 넘어 00레벨에 도달한 나보다도 강력한 존재라는 의미도 된다.

그걸 깨닫고 나니 다른 의미로 소름이 돋았다.

"부스터 안 썼으면 죽은 건 내 쪽이었겠는데?"

하지만 인퀴지터는 방심한 끝에 내게 부스터를 쓸 여유를 주었고, 그 결과 내가 이겼다. 서늘함과 동시에 승리의 짜릿함이 내 등골을 달렸다.

그러나 그 짜릿함을 느낄 수 있었던 건 찰나에 지나지 않았다.

"!?"

[간파]

—[레저렉션(Resurrection)]

충격파가 일어나 나를 밀어냄과 동시에 산산조각 흩어졌던 인퀴지터의 몸이 한군데로 모여들기 시작했기 때문이었다.

Chapter 7

"큭!"

나는 내 앞을 가려 충격파에 맞섰지만, 그래도 몸이 밀려나는 것을 막을 수는 없었다. 그 와중에도 죽은 놈의 시체에 황금빛 광휘가 밀려들고 있었다.

그 꼴을 보아하니 [레저렉션]이라는 스킬의 상세 정보를 읽어보지 않아도 알겠다.

"놈이 부활하고 있어!"

인퀴지터는 분명 한 번 죽었다. 나한테 경험치가 들어온 게 그 증거다. 그렇게 완전한 죽음을 맞이했는데도 부활하다니! 저런 스킬이 있다는 건 들은 적도 본 적도 없다.

"…설마 무제한으로 부활하는 건 아니겠지."

부스터의 효과는 3분. 만약 정말로 무제한 부활이 가능하다면, 내 목숨도 3분 후에 끊긴다는 소리다. 간담이 서늘해지지만, 그것과는 별개로 욕심이 부풀어 올랐다.

"그건 또 그때 가서 생각해야지."

일단 지금 당장은 내가 더 강하다. 그렇다면 놈을 한 번 더 죽여 경험치를 얻을 수 있다. 그것이 나를 사로잡은 욕심의 정체였다.

나는 뿔 라켓을 꽉 쥐었다. 라켓의 남은 내구도는 92. 즉, 앞으로 남은 [초절강타]도 2회. 다른 변수가 작용한다 하더라도 앞으로 한 번은 더 죽일 수 있다는 계산이 선다.

무모한 발상인가? 그럴지도 모른다. 이미 내 등은 식은땀으로 축축해져 있었다. 내 직감도 내 발상이 무모하다는 걸 인정해 주고 있었다.

"그래도 불가능할 것 같진 않은걸!"

나는 인퀴지터 놈을 향해 달려들었다.

*　　　*　　　*

인퀴지터, 새티스루카는 황금의 광휘 안에서 눈을 껌벅였다. 이 광휘가 뜻하는 바는 간단하고도 명확했다. 그가 지닌 스킬, [레저렉션]이 발동했다. 그 말인즉슨…….

'내가 죽었었나?'

믿을 수가 없었다.

'저딴 벌레에게?'

[분석] 스킬로 얻은 적의 정보는 틀림없었다. 이름은 이진혁에 반격가 7레벨. 아니, 랭크 업 보너스로 레벨 업을 했으니 이제 8레벨일 터. 크게 차이는 없다. 그래 봤자 1차 직업의 저레벨 플레이어인 건 변함이 없으니까.

설령 자신의 정보를 가리거나 속이는 고유 특성을 보유하고 있다 한들 상관없었다. 그의 분석 스킬을 속일 수는 없었다.

'그럼 이 느낌은 뭐지?'

이미 한계에 가깝게 성장한 그의 직감 능력치는 그에게 끊임없이 권고하고 있었다.

'도망치라고? 이 쓰레기 앞에서? 말도… 안 돼.'

자신의 직감을 무시하지 말라는 건 이미 공식화된 금언이었다. 그럼에도 새티스루카는 쉬이 직감을 따를 수 없었다.

'적어도 그럴 만한 핑곗거리는 있어야지!'

1차 직업을 상대로 도망쳤다간 대체 어떤 별명이 붙을까? 친구인 동시에 라이벌이자 적수인 이들이 그를 그냥 놔둘 리 없었다. 겁쟁이라는 딱지가 붙음과 동시에, 교단 내에서 그의 위상도 추락하리라.

[분석]

그래서 그가 [레저렉션]의 무적 효과가 풀리자마자 처음 쓴 스킬은 [분석]이었다. 그러고 보니 첫 분석으로 12%밖에 정보를 얻어내지 못했던 게 지금 와서 신경 쓰였다. 추가로 분석에 성공하면 그 이유도 밝혀낼 수 있으리라.

성공하면 말이다.

따악!

─당신의 [분석]이 목표에게 [받아쳐 날리기] 당했습니다!
─적이 당신을 [분석]합니다!
─회피 불가!
─당신은 분석당했습니다! 분석률: 4%

"뭐?!"

새티스루카는 너무 놀라서 큰 소릴 내고 말았다. 뒤늦게나마 논리적으로는 이해했다. 상대는 반격가다. 즉, 이건 자신의 분석 스킬이 반격당한 결과다. 논리적으로야 그런 결론이 도출 가능하나, 역시나 말도 안 된다.

'고작 1차 직업이 내 분석을 반격해? 레벨 차가 몇인데!'

의문이 그의 내면에서 폭풍처럼 휘몰아쳤다. 그러나 그러고 있을 여유도 길지 않았다. 그의 직감이 요란하게 경종을 울려대고 있었다.

이진혁이 무시무시한 속도로 자신을 향해 쇄도하고 있었다.

"큭! [이형환위]!!"

스킬 이름을 외쳐 버렸다. 스킬의 발동 조건으로 삼기에는 가장 안 좋은 타입이었다. 적에게 자신이 쓸 스킬을 가르쳐 주는 거나 마찬가지니.

'마음이 급한 나머지 평소 버릇이 나와 버렸어!'

지역의 관리자로서 그는 수준 아래의 벌레를 상대하는 데 너무 익숙해져 있었다. 벌레를 상대할 때는 조금쯤 멋을 부려도 풍류지만, 지금은 목숨이 걸린 싸움을 하는 중이었다.

이진혁은 벌레가 아니다. 일격에 자신을 죽였으니. 최소한 맹독을 지닌 독거미나 독사 정도는 된다. 독거미를 들고 장난을 치는 놈은 얼빠진 놈이다.

스킬명을 외치는 우를 범하긴 했지만, 그것과는 별개로 새 티스루카가 사용한 스킬 [이형환위]는 효과적이었다.

짧은 거리를 별다른 움직임 없이 순식간에 이동하는 스킬로, 기습을 하거나 페이크를 넣을 때도 좋지만 이런 식으로 긴급 회피용으로 쓸 때도 확실한 성과를 거뒀다.

이제까지는 그랬다.

'!'

눈이나 귀 따위보다 피부가 먼저 반응했다. 무시무시한 기운이 그의 뒤통수를 노리고 있었다. 이형환위로 첫 공격을 회피한 건 좋은데, 상대가 곧장 반응했다.

적, 이진혁은 그가 이동한 곳으로 곧장 따라와 그의 머리를 노리고 무기를 휘두르려 하고 있었다.

직감은 조금 전부터 전혀 다름이 없었다.

도망쳐라. 도망쳐라. 도망쳐라.

상황이 이쯤 되니 이젠 체면 차릴 여유도 사라졌다.

도망칠 수 있는 방향은 오직 한 곳. 지면뿐이다. 벌레들이나 굴러다닐 법한 흙바닥.

평소라면 절대 하지 않을 짓이지만, 살아남으려면 찬밥 더운밥 가려선 안 됐다.

새티스루카는 곧장 지면을 향해 몸을 날렸다. 땅을 데굴데굴 구르다 보니 흙먼지가 씹혔다. 수치심이나 굴욕감보다 먼저 공포가 찾아들었다. 그다음에 그를 방문한 건 후회였다.

'도망칠걸!'

레저렉션은 강력한 스킬이나 발동에는 행운이 필요하다. 100% 발동하는 스킬이 아니다. 게다가 처음 발동할 때는 꽤 높은 확률로 발동하나, 연달아 죽으면 발동 확률이 급격히 떨어진다. 죽은 간격이 짧을수록 그 확률이 더 떨어지는 건 말할 것도 없다.

즉, 이번에 또 죽으면 진짜 죽음을 맞이할 확률이 굉장히 높았다.

'도망쳐야 해!'

안 맞아봐도 안다. 아니, 사실 이미 한번 맞아봤기도 했다.

적의 공격은 일격필살이다. 단 한 방만 맞아도 목숨은 없다.

두 차례 피하긴 했지만 다음에도 피할 수 있을지, 도저히 확신이 서질 않았다.

이진혁의 민첩이 자신보다 높다는 건 이미 확실해졌다. 적은 스킬을 사용하지 않은 채 몸놀림만으로 자신을 쫓고 있었다. 자신보다 민첩이 50은 더 높아야 가능한 일이다. 말도 안 되는 일이지만, 그 말도 안 되는 일이 실제로 일어나고 있으니 문제였다.

이쯤 되면 현실을 있는 그대로 받아들일 수밖에 없었다.

적은 괴물이다.

이건 함정이다.

적은 자신을 1차 직업으로 위장하고 스스로를 미끼로 내던졌다고밖에 볼 수 없다. 이토록 정교하게 짜인 함정에 걸려든 것이 새티스루카, 그였다.

'도망칠 수 있을까?'

그 순간, 그동안 요란했던 직감이 멈췄다. 더 이상 도망치라고 외치지 않는다.

관리자 자리까지 기어 올라오며 몇 번쯤 죽음을 맛봤던 새티스루카는 이 감각이 무엇을 가리키는지 안다.

'죽는다.'

절망이 먼저 내려앉았고, 고통은 그다음이었다.

콰아앙!

*　　　　*　　　　*

―승리!
―강적을 처치했습니다.
―레벨 업!
―레벨 업!

나는 다행히 이번에도 단 일격으로 새티스루카를 처치할
수 있었다.

"허억, 허억, 허억……. 크으……!"

폐가 찢어지는 것 같다. 아니, 찢어질 것 같은 건 폐뿐만이
아니었다. 전신의 근육이 다 비명을 내지르고 있었다.

증폭된 능력치에 기대어 무리한 동작을 취했던 게 화근이
었다. 부스터가 지속되는 동안에는 아무 문제 없었으나, 효과
가 끝난 다음이 문제였다. 능력치가 원래대로 돌아오면서, 그
반동을 고스란히 다 받아내야 했다.

"죽이자마자, 허억, 바, 바로 도망치려고 했는데……."

문제는 레벨 업으로도 부스터 후유증이 사라지지 않는다
는 거였다. 보통 레벨 업을 하면 생명력과 체력이 모조리 회복
되는 것은 물론 가벼운 상태이상도 해제되는데, 부스터를 쓴

후유증은 사라지지 않았다. 아마도 중도의 상태이상이기 때문이겠지.

지금은 이렇게 냉정하게 분석 따윌 하고 있을 때가 아니었다.

"제발, 제발, 제발!"

저 인퀴지터 놈, 이름은 새티스루카라고 했던가. 만약 저놈이 다시 한번 살아나면 이번에야말로 나는 확실히 죽는다. 한번 더 죽여주긴 했지만 이건 어디까지나 부스터빨이었다.

부스터 지속 시간인 3분은 쏜살같이 지나갔고, 나는 반동을 견디느라 원래 능력조차 제대로 발휘할 수 없는 상태였다. 이 상태론 제대로 도망도 못 간다.

이름: 새티스루카
직업: 관리자(최종 직업)
종족: 천사 F타입(최상위 종족)
레벨: 20(Max)
능력치
????: ???
????: ???
????: ???
????: ???
마력: ???

내공: ???

보유 스킬

[레저렉션], [천마군림보], [이형환위], [분석]

레전드 스킬 ?개 보유. 유니크 스킬 5개 보유.

그 외의 스킬 ???개 보유.

이건 내가 놈에게 분석 스킬을 쓴 결과물이다. 물론 놈의 분석 스킬을 [받아쳐 날리기] 한 것이긴 하지만, 어쨌든 그랬다.

다른 사람의 상태창을 훔쳐보는 건 처음이라 꽤 두근거렸지만, 그 내용은 전혀 두근거릴 만한 것이 아니었다. 반대로 가슴이 철렁했다.

'이걸 어떻게 이겨.'

비록 분석률이 낮아 얻을 수 있는 정보는 많지 않았지만, 딱 보이는 것만 봐도 레전드급의 스킬 보유자에 유니크급의 스킬도 다수 보유하고 있는 데다 종족도 상위 종족에 최종 직업의 만렙에 도달한 상태.

길게 말할 것 없이 그냥 끝판왕의 스펙이었다.

'왜 처음부터 보스가 나오지?'

그나마 내 능력치가 좀 높은 덕에 2배 부스터의 효율이 좋아서 망정이지, 정식으로 붙으면 절대 못 이겼을 것이다.

그럼 계속 부스터 맞은 상태로 다니면 되지 않을까? 그렇게 생각한 적도 있었지만 그건 불가능한 발상이었다.

—부스터 앰플 쿨타임: 14일

고작 3분짜리 앰플인데 쿨타임이 2주나 된다.

효과야 확실했으니 양심이 있으면 불만을 말할 수는 없지만, 현실적으로는 내 생사를 갈라놓는 후유증이다 보니 욕이 안 나올 수가 없다.

"……."

5분 기다렸다.

아무리 기다려도 황금빛 광휘도 일어나지 않고, 산산조각 흩어진 새티스루카의 시체도 한곳으로 모여들지 않는다.

그리고 무엇보다…….

—이진혁 님께서 새티스루카 님을 살해하셨습니다.

—플레이어 킬!

—카르마 연산 중…….

—새티스루카 님의 네거티브 카르마가 매우 높은 관계로, 페널티는 부여되지 않습니다.

—이진혁 님께 포지티브 카르마가 부여됩니다: 1,254점.

시스템이 새티스루카의 죽음을 인증해 주었다.

즉, 이번에야말로 완전히 죽었다.

"하, 하하하."

크게 웃을 셈이었는데, 정작 입에서 나온 건 기운 빠진 헛웃음이었다.

털썩.

긴장이 풀리자 다리도 같이 풀려, 나는 그 자리에 주저앉고 말았다.

아직도 손가락 끝이 덜덜 떨렸다.

"어휴, 살았네."

달달달 떨리는 다리를 붙잡으며, 나는 입꼬리를 억지로 끌어 올렸다.

*   *   *

"…끝나고 보니 정말 좋았군!"

새티스루카를 두 차례나 죽이는 바람에 경험치를 잔뜩 먹어 반격가 레벨도 세 단계나 올렸고, 간파도 S랭크에 도달했다.

하지만 정말 좋았던 건 그런 게 아니다. 그런 게 될 수가 없다.

"운이……. 정말 좋았어."

만약 새티스루카가 분석으로 내 능력치를 하나라도 봤으면 놈도 날 상대로 방심하지 않았을 것이고, 빈틈을 찾아 부스터

앰플도 꺼내지 못했을 것이다.

그럼 확실히 내 패배로 끝났다.

날 벌레로 봤던 새티스루카다. 날 살려둘 리 없으니, 그 패배는 곧 죽음과 동의어였다.

진짜 죽을 뻔했지만 안 죽었다. 살아남았다!

"어휴."

그럼에도 불구하고 지옥 멧돼지를 잡았을 때와는 달리 격렬한 환희나 성취감은 느껴지지 않았다. 몸이 아파서 그런가? 부스터 후유증은 아직도 내 신경을 갉아먹고 있었다.

아니, 그게 아니었다.

이번 싸움은 내가 강해서 이긴 게 아니기 때문이다. 적의 방심을 틈타 운 좋게 이겼다. 실전에 강한 자가 진짜 강한 자라는 말도 있지만, 이렇게 이겼다고 환희하고 환호성을 지를 정도로 내 신경다발은 굵지가 못했다.

"이런 싸움을 두 번 하고 싶지는 않군."

이렇게 혼잣말은 했지만, 아마도 나는 이런 싸움을 또 겪게 되겠지.

나는 뻐근한 어깨 근육을 주물렀다. 긴장이 풀리자 다른 걸 생각할 여유도 얻게 되었다.

"역시 새티스루카도 플레이어였나……."

단지 상태창만 보고 하는 이야기가 아니다. 새티스루카의 완전한 죽음이 시스템으로부터 인증된 후에 나타난 카르마 연산 메시지 때문에 알게 된 것이다.

현실에서 흔히 그렇듯, 튜토리얼에서도 간간히 살인사건이 일어난다. 이걸 막기 위해선지 튜토리얼에서 플레이어를 살해하면 네거티브 카르마라는 점수가 쌓인다. 그리고 네거티브 카르마 점수가 일정 이상이 되면 시스템으로부터 페널티를 얻는다.

반대로 포지티브 카르마를 쌓으면 네거티브 카르마를 상쇄할 수 있다. 포지티브 카르마를 쌓는 법은 간단. 네거티브 카르마를 많이 쌓은 범죄자를 죽이는 것이다.

내가 새티스루카를 죽였어도 플레이어 킬로 인해 페널티를 받기는커녕 포지티브 카르마를 받은 것도 새티스루카가 최소한 1만 2천 명 이상의 플레이어를 죽인 미친놈이기 때문이다.

보통 네거티브 카르마는 한 명 죽일 때마다 1씩 쌓이고, 포지티브 카르마 보상은 죽인 플레이어가 지닌 네거티브 카르마의 10%니 가능한 계산이다.

살인을 살인으로 상쇄하는 이 시스템은 꽤나 논란의 여지가 있지만, 어쨌든 튜토리얼 내에서 살인범의 숫자를 줄이는 데는 효과가 좋았다.

뭐, 중요한 건 이런 게 아니다.

진짜 중요한 건 새티스루카를 죽임으로써 카르마 연산이 일어났다는 현상 그 자체였다.

카르마 연산은 플레이어들끼리의 살생으로밖에 일어나지

않는다.

즉, 새티스루카는 플레이어다.

매우 간결한 삼단논법이지만, 여기서 파생되는 의문점도 매우 많았다.

교단이라는 단체는 뭐 하는 놈들이기에 플레이어를 인퀴지터로 데리고 있는가? 왜 그 인퀴지터인 새티스루카는 레벨 차는 날지언정 그래도 같은 플레이어인 날 보자마자 벌레라 부르며 죽이려 들었는가? 애초에 교단이라는 건 대체 뭔가?

이런 의문들은 내가 혼자 생각한다고 답을 알 수 있는 게 아니었다.

정보가 더 필요했다.

나는 아까부터 닥치고 있는 크리스티나를 불러내기 위해, 레벨 업 마스터를 꺼내 들었다.

그녀에겐 물어볼 게 아주 많았다.

*   *   *

—이진혁 님, 정체가 대체 뭐예요?

내가 먼저 질문 세례를 퍼부으려고 했는데, 레벨 업 마스터를 켜자마자 크리스티나가 먼저 질문을 했다.

그 질문에 대해서는 그냥 갓 튜토리얼에서 나온 플레이어라는 말밖에 해줄 말이 없었다.

물론 정규 커리큘럼, 그러니까 퀘스트 라인을 따라 졸업한 게 아니라 힘 100의 문을 열고 빠져나왔다는 비밀이 있긴 했지만.

비밀은 숨겨야 하기에 비밀.

나는 아직 크리스티나에게 내 비밀을 털어놓을 생각이 없었다.

"내 이름은 이진혁. 중요 연맹원이지."

―평범한 연맹원이 단독으로 인퀴지터를 살해했다는 말은 들은 적도 없어요.

크리스티나는 고개를 절레절레 저었다.

그야 그렇지. 그녀의 심정은 십분 이해한다. 저걸 어떻게 죽여.

나도 운이 좋았던 것뿐이다. 상대의 방심과 적절한 아이템 구사가 어우러지지 않았다면 절대 빚어낼 수 없었던 우연적인 결과다.

"그럼 내가 좀 특별한가 보네?"

그러나 나는 진실을 숨기고 적당히 허세를 떨었다.

원래 사내는 허세를 떠는 존재다. 그리고 나도 사내다.

―…그래요. 답을 들을 수 있을 거라고 생각은 안 했어요.

크리스티나는 한숨을 푹 내쉬었다.

―어쨌든 이 일로 인해 연맹은 발칵 뒤집혔어요. 안 그래

도 주목을 모으던 유망주가 하루 만에 중요 연맹원으로 올라서고는 인퀴지터마저 잡아내다니…… 각 세력이 이진혁 님을 영입하고자 각축전을 벌이고 있어요. 잘못했다간 연맹에서 내전이 벌어질 기세라고요.

그건 좀 곤란한데. 부담스럽다.

"그래서 나더러 어쩌라는 거야?"

―…어, 글쎄요.

크리스티나는 그런 질문이 돌아올 줄은 몰랐다는 듯 머리를 긁었다. 그러더니 문득 상쾌하게 웃으며 이렇게 말했다.

―애초에 제가 이진혁 님께 어떻게 하라고 말씀드릴 권한이 없잖아요.

그러고 보니 그렇긴 하네.

―그냥 원하시는 대로 하시면 돼요.

"아니, 딱히 원하는 건……. 없나?"

사실 있다.

더 강해지고 싶다.

아니, 사실 그냥 강해지는 것으로는 부족하다. 내게 모티베이션을 불어넣어 줄 강적을 원한다. 하지만 이건 이미 만족되었다.

교단의 인퀴지터라는 말도 안 되는 강력한 존재는 강적을 원한다던 내 소망을 우그러뜨리기에 충분했다. 세도 너무 세잖아! 나라고 죽길 바란 건 아니라고!

어쨌든 내게는 확실히 원하는 바가 있다. 이 목적에 가장 부합하는 세력의 힘을 빌리는 일도 뭐, 앞으론 있을지도 모른다.

그러나 지금은 아닌 것 같다.

어디 소속되면 소속된 단체의 의중에 따라 움직여야 할 일이 많아질 것이다. 그리고 나는 그런 걸 원하지는 않는다. 아무리 여러 세력이 날 영입하고 싶다고 해도, 지금 당장은 조직의 부품으로써 원하는 것일 터이다.

게다가……. 크리스티나가 말하는 걸 들어보니 나는 지금 지나치게 고평가되어 있는 것 같아 보였다. 인퀴지터를 잡은 것으로 인해 능력 이상의 평가를 얻고 있다.

지금이야 이 고평가를 이용해 더 좋은 조건으로 뭔가를 더 챙길 수 있을지 몰라도, 그런 건 장기적으로 별로 좋지 않다. 결국 실상이 까발려지기 마련이고, 그렇게 되면 얻어낸 것 이상을 토해내야 할 가능성이 지극히 높았다.

착각해서는 안 된다. 내가 인퀴지터를 잡은 건 어디까지나 운이다. 실제 실력으로 인퀴지터를 잡을 수 있을 때까지, 그것을 내 경력으로 삼아서는 안 된다.

그러니 그때까지 어디에도 이력서를 내선 안 된다.

'더 강해져야 할 이유가 추가되었군.'

취미와 실익을 겸하게 되었으니, 나쁘게 생각할 일은 아니다.

"뭐, 그런 건 나중에 생각하지."

나는 그런 내심을 숨기고, 그냥 고개를 한 번 흔들어 보였다.

"그보다 그 교단이란 거에 대해서 좀 가르쳐 줘. 그놈들 대체 뭐야?"

일단 지금 필요한 건 정보다. 크리스티나의 호들갑스러운 평가가 아닌, 객관적인 정보. 그래야 올바른 판단을 내릴 수 있을 테니까.

―교단은 인류연맹과 대치하고 있는 적 세력 중 하나예요.

크리스티나는 그렇게 설명해 주었다. 너무 간단하다.

"교단이라면 신을 모시겠군. 무슨 신을 모시는 교단이지?"

―하나의 신이 아니에요. 말하자면 만신전(Pantheon)에 소속된 모든 신들이라 할 수 있겠군요.

만신전이라. 그 단어는 들어본 기억이 있다. 분명……. 기독교가 들어오기 전 고대 로마제국에서 정벌한 각 지역의 신들을 한데 모아놓은 신전이었나. 그런 거였을 거다. 정확히는 기억이 안 나지만.

―모든 신들이 인류나 인류연맹과 대립하는 건 아니지만, 적어도 교단이라는 단체는 인류연맹을 적대시하고 있어요. 그리고 그들 중 가장 맹목적으로 인류를 적대시하는 이들이 바로 교단의 인퀴지터들이죠.

"내가 상대한 놈인가."

기본 기조가 다신교인 주제에 이단심문관이 따로 있다는 것도 웃기지만, 그들이 적대시하는 게 '이단'이 아니라 인류라는 건 더 웃기는 일이었다. 그런 것들에게 목숨을 위협받은 내 입장에서는 별로 웃을 기분이 들지 않지만 말이다.

─인퀴지터는 말하자면 이진혁 님의 선배 격이에요. 그것도 까마득한 선배죠.

"…뭐?"

놀라 되묻긴 했지만, 한편으로는 역시 그랬나 싶기도 했다.

─신들이 튜토리얼에서 두각을 드러낸 플레이어를 자신의 어포슬이나 인퀴지터로 영입하는 건 과거에는 흔히 있는 일이었어요.

"그렇군……."

이건 나도 몰랐던 일이다. 크리스티나는 이걸 '과거에는 흔히 있던 일'이라고 하기도 했고. 그 말인즉슨 지금은 그런 일이 거의 일어나지 않는다는 의미도 된다. 아마도 내가 튜토리얼에 끌려오기 전의 일이었던 거겠지.

"그렇다면 튜토리얼을 만들고 운영한 것도 신들인가?"

이것은 내가 오랫동안 품어왔던 의문이기도 했다.

누가, 어떻게, 무슨 목적으로 튜토리얼을 만들었는가?

거기에서 주어로 들어가기에 가장 적합한 존재는 바로 신이었다. '어떻게'는 신의 힘으로, '무슨 목적으로'는 자신이 부릴 하인 격의 존재를 교육시키고 발탁하기 위해. 앞뒤가 딱딱 맞아들었다.

─아뇨, 꼭 그렇지는 않아요.

그런데 내 가설을 들은 크리스티나는 곧장 고개를 저었다.

─튜토리얼에는 다양한 세력이 개입되어 있었죠. 만신전도 물론 튜토리얼에 큰 지분을 가지는 세력이지만, 거기 못지않을 정도로 큰 지분을 가진 세력이 만마전(Pandemonium)이에요.

만마전이라……. 그건 또 흥미로운 키워드지만, 내가 주목해야 할 건 그게 아니었다.

"그리고 인류연맹도 개입되어 있다?"

바로 '다양한 세력'이라는 문구다.

만신전과 만마전, 둘만으로는 성립되지 않는 문구이기도 했다.

게다가 튜토리얼에 인류연맹이 개입되어 있지 않으면 시스템과 연계되는 레벨 업 마스터의 존재가 설명이 안 된다. 레벨 업 마스터는 어디까지나 인류연맹 소속의 디바이스니까.

나의 추론에 크리스티나는 애써 웃어 보이며 고개를 끄덕였다.

─…부정할 수는 없겠군요.

"그럼 결국 튜토리얼을 만든 건 누구야?"

─저도 확실하게는 모르지만, 세계라는 게 중론이에요.

"세계?"

의외의 대답이었다.

—네. 생명체들이 발붙이고 사는 세계 그 자체요.

예를 들자면 지구인에게 있어 세계란 지구고, 그 지구가 직접 만들고 운영하던 게 내가 머물렀던 튜토리얼 세계였던 모양이다.

—언제까지고 고립주의를 추구하며 폐쇄적으로 굴 수는 없는 노릇이니까요. 튜토리얼 세계는 다른 세계와의 전면적인 교류를 앞둔 세계의 교육 커리큘럼이에요. 뜨거운 물에 들어가기 전에 미지근한 물로 몸을 익숙해지게 만드는 식이라고 이해하시면 편할 거예요.

"말 그대로 튜토리얼이었다?"

튜토리얼 자체가 교육 프로그램을 뜻하는 단어다. 게임의 튜토리얼 모드는 게임에 익숙해지기 위해 치르는 연습 게임이고. 튜토리얼 세계가 만들어진 원래 의도가 그렇다는 건 너무 당연해서 오히려 놀라울 정도였다.

그러나 크리스티나는 내 되물음에 씁쓸한 듯 고개를 저었다.

—…원래는 그랬죠.

*   *   *

원래는 그랬다. 이 말이 뜻하는 바는 실로 명료했다. 지금은 아니라는 소리다.

좋은 의도로 만들어진 것이 악용당하는 건 차라리 법칙이라 해도 좋다. 굳이 다이너마이트나 핵에너지의 예를 들 필요도 없다.

—각 세계는 경쟁적으로 튜토리얼을 만들었고 운영했어요. 세계의 구성원이 강해지면 그 세계가 강해질 걸로 믿었던 거죠. 하지만 다른 세력들이 튜토리얼 졸업자들에게 접근해서 영입을 시도하면서 이야기가 달라지기 시작했어요.

"그게 만신전과 만마전, 그리고 인류연맹인가."

—그 시점에서는 아직 만신전이나 만마전이라는 이름은 붙어 있지 않았지만요. 그리고 그때는 아직 인류연맹이 생기지도 않은 시점이었어요.

잘 감은 안 오지만, 말하는 걸 들어보니 꽤 예전 이야기였던 모양이다.

—신들과 악마들이 적극적으로 인재 영입을 감행해 세력 확대를 꾀하면서 각 세계는 인재 유출로 인해 반대로 세력이 많이 약해지게 되었어요. 그때를 기다렸다는 듯 만신전과 만마전이 각 세계로 침공을 시작했죠.

"침공을 했다고? 전쟁을 했단 말이야?"

—네, 정복 전쟁이요. 신이나 악마들이 각자 뭉쳐서 세력을 이룬 것도 그때 일이에요. 약화가 되었다고는 해도 세계는 강력한 상대였으니, 연합을 할 필요를 느꼈던 거겠죠.

속이 불편한 이야기다. 별로 알고 싶지 않은 이야기이기도 했고.

내가 있던 튜토리얼 세계에서 왜 나만 남기고 모든 플레이어들이 송환되었는가? 그건 내가 줄곧 품고 있던 의문이었다.

어쩌면 그들은 만신전이나 만마전의 침공을 받은 세계가 소환한 게 아니었을까?

패색이 짙은 전쟁에 소년병까지 동원되는 건 흔한 일이다. 그 전쟁이 총력전이라면 더더욱.

성장 가능성이 있고, 그대로 성장시키면 분명 더 강력한 존재가 된다는 점에서 아직 튜토리얼을 졸업하지 못한 플레이어는 소년병에 비유될 수 있었다.

―각 세계가 차례차례 정복당했고, 피난민들이 생겼어요. 그 피난민들이 모여 세력을 이뤘고 아직 침략당하지 않은 세계의 인류가 연합해서 비로소 인류연맹이 생긴 거죠.

"…그렇게 된 거로군."

크리스티나의 말을 곧이곧대로 믿어선 안 된다. 그녀의 입장은 어디까지나 인류연맹의 입장을 대변하는 것일 테니까.

적대세력을 악으로 규정하고 자신들을 정의로 규정하는 건 흔히 있는 일이다. 그런 의미에서 인류연맹과 대립하는 세력인 만신전과 만마전을 악으로 포장하는 건 크리스티나 입장에선 차라리 자연스럽다고 할 수 있었다.

'하지만 앞뒤는 맞아드는군.'

그럼 역시⋯⋯. 지구는 침공당한 건가?

아닐 수도 있다. 그러나 그랬을 가능성이 높다는 건 부정할 수 없다.

입맛이 썼다.

그런데 지구가 어찌 됐건 나랑 무슨 상관이지? 날 찬 전 여자 친구의 집안이 망해서 일가족이 풍비박산 났다는 소리는 기쁜 소식일망정 이렇게 씁쓸해할 일이 아니다.

물론 지구가 진짜로 나랑 사귀었던 건 아니지만. 오히려 지구에서의 내 일생이 더 씁쓸한 것이긴 했다.

그러니 이 씁쓸함을 오래 곱씹고 있을 필요는 없다.

왜냐하면 지금 당장 내가 사는 게 더 중요하고 내 사정이 더 중요하니까. 나는 재빨리 잡념을 지워 버리고 다시 이어지기 시작한 크리스티나의 이야기에 집중했다.

―이진혁 님이 지금 계신 곳은 아마도 만신전에게 점령당해 교단의 관리를 받고 있는 것 같아요. 그렇지 않으면 교단의 인퀴지터가 갑자기 나타날 이유가 없으니까요.

크리스티나의 추측에 나는 고개를 끄덕여 긍정해 주었다.

"새티스루카⋯⋯. 그 인퀴지터는 내가 이 지역의 살균 병기를 파괴했다고 말했어. 이 라켓을 보고 그렇게 말했지."

헬리펀트 뿔로 만들어진 라켓을 보고 그런 말을 했다는 건, 내가 잡아 죽인 지옥 멧돼지가 바로 그 살균 병기임을 뜻한다.

―⋯확실해졌네요. 교단이 말하는 살균이란 토착 인류의

절멸을 뜻합니다.

지옥 멧돼지가 오크들을 잡아먹고 다닌 건 결코 우연이 아니었다. 오크를 포함한 이 지역의 인류 절멸. 그게 교단이 살균 병기를 이 지역에 배치한 의도일 터였다.

오크나 드워프 등, NPC들이 절멸하든 말든 나하고 크게 상관은 없는 일이다. 하지만 이 일로 인해 나도 교단의 표적이 되었을 가능성이 높았다. 교단의 일을 훼방 놓고 인퀴지터까지 죽여 버렸으니 표적이 안 되면 그게 더 놀랄 일이지.

나는 답답한 마음에 긴 한숨을 담배 연기 뿜듯 내쉬었다. 그래도 속은 조금도 편해지지 않았다.

"튜토리얼에서 나오자마자 이렇게 피곤해질 줄은 몰랐군."

―저도 같은 생각이에요.

좀 더 심플하게 생각하자.

강해져야 할 이유가 늘었다.

단순히 살아남기 위해.

취미가 의무로 변질되어 버린 건 참 안타까운 일이다.

"…그러고 보니 교단은 인류연맹의 적이라며?"

―네, 그렇죠.

"그런데 왜 퀘스트 안 줘?"

그리고 강해지기 위해서는 퀘스트를 해결해서 보상을 받는 게 플레이어의 방식이다.

비록 튜토리얼에선 도중부터 퀘스트 라인에서 이탈해서 그러지 못했지만, 튜토리얼 세계에서 빠져나온 뒤로는 나는 착실히 퀘스트를 해결하고 그 보상을 받아 성장해 왔다.

그런데 무려 인퀴지터를 잡았는데도 퀘스트도 안 나오고 그 보상도 안 나오다니. 말이 안 되지 않는가? 이건 플레이어로서 매우 합당한 의문이었다.

그 의문에 대한 답은 의외의 것이었다.

─인퀴지터의 토벌이라는 퀘스트는 연맹원 레벨에는 존재하지 않아요. 레벨 업 마스터에도 등록되어 있지 않고요.

"뭐? 왜?"

─불가능하니까요. 원래는.

크리스티나는 내 눈치를 보며 대답했다.

─안 그래도 상부에서 이진혁 님께 어떤 보상을 드려야 할지 논공행상 중이에요. 이건 퀘스트 해결로 퉁칠 게 아니라 전공(戰功)으로 취급해야 한다는 의견이 대세구요. 저도 그 자리에 참석하고 오는 길이에요.

내가 인퀴지터를 처치했을 때 조용했던 게 그런 이유였나.

─시간이 걸리겠지만 이 전공은 반드시 높은 평가를 받을 거예요. 그러니까 조금만 기다려 주세요. 그리고……. 아무래도 저도 회의에 다시 참석해야 할 것 같아요.

내게 더 좋은 보상을 위해 노력하고 있다는데 보내주지 않기도 좀 그랬다. 나는 고개를 끄덕여 크리스티나가 자리를 비우는 것을 허락했다.

나도 생각할 게 많았다.

*   *   *

크리스티나를 보낸 후 레벨 업 마스터를 인벤토리에 집어넣자 그동안 숨죽인 채 조용히 있던 드워프들과 오크들이 갑자기 내게 절을 했다.

"신이시여, 저희를 구원해 주심에 감읍하나이다!"

"감읍하나이다!"

드워프 두프르프의 선창에 따라 오크들도 다 같이 소리 지르는 게 굉장히 기이해 보였지만 그건 둘째 치고.

아까 전부터 내 주변에 몰려들어서 지들끼리 수군대나 싶더니만 이들 나름대로 어떤 결론에 이른 모양이었다.

그 결론이란 게 완전히 글러먹었다는 게 문제였다.

내가 신이라니.

"왜 내가 신이라고 생각하지?"

"그, 그야……."

"대장, 아니지. 위대하신 이께서 신을 죽이셨으니 그러하나이다!!"

두프르프가 우물쭈물하던 사이, 라카차가 선수를 쳐 냅다 외쳤다. 그러면서도 우쭐해하는 모습이 가관이었다.

"신을 죽일 수 있는 것은 신뿐!"

"그러니 위대하신 이께서는 신이시나이다!!"

다른 오크들도 서둘러 이어 외쳤다.

"이진혁 님께서 토벌하신 저자는 스스로를 신이라 칭하고 저희들을 더러운 벌레라 말하였나이다. 더불어 저희에게서 불을 빼앗아 갔으니, 저희는 두려움에 떨며 저자의 말을 믿을 수밖에 없었나이다. 한데 이진혁 님께서 불을 하사하여 주시고, 저희를 벌레처럼 여겼던 자를 토벌하셨으니, 이는 신적인 위업이라 부르기에 합당하다 여겼나이다!"

오크들이 잠깐 입을 멈춘 사이, 생각을 정리해 낸 건지 두 프르프가 외쳤다.

그래, 드워프가 확실히 오크들에 비해선 잘 말하는군.

그러나 틀렸다.

"내가 죽인 자는 신이 아니다. 그러니 나도 신이 아니지."

나의 선언에 오크들은 웅성댔으나, 드워프들은 완고했다.

"미천한 이들의 숭배가 불쾌하시다면 거두겠나이다. 하지만 그렇다 한들 이진혁 님께서는 저희에게 있어 이미 신과 같사옵니다."

"아, 그래. 그렇지. 저희 오크들도 드워프들과 같은 생각이나이다!!"

두프르프의 말에 감화된 듯 라카차가 얼른 외치자, 다른 오크들도 웅성대길 관두고 고개를 조아렸다.

―방랑 드워프의 우호도가 255 상승했습니다.

―황야 오크의 우호도가 255 상승했습니다.

―방랑 드워프가 당신을 신으로 섬깁니다.

―황야 오크가 당신을 신으로 섬깁니다.

시스템 메시지까지……. 뭐, 이들의 우호도는 이미 한계돌파를 거친 탓에 더 올라봤자 별 의미는 없지만 말이다.

―방랑 드워프와 황야 오프의 우호도가 신앙심으로 치환됩니다.

―현재 당신의 신앙 점수: 10 포인트

―다른 조건을 만족하면 종교를 세우고 신성을 얻을 수 있습니다.

―다른 밝혀진 조건

―더 많은 신자를 모아 신앙 점수를 쌓으십시오.

없던 의미가 방금 생겼다.

"하하핫."

마른 웃음이 새어 나왔다.

플레이어란 건 하기에 따라 신까지 될 수도 있는 건가?

물론 나는 지금 50명도 안 되는 NPC의 신앙을 받았을 뿐이고, 그로써 얻은 신앙 점수는 고작 10이다. 지금 시점에서 밝혀진 건 얼마 없지만, 실제로 신이 되려고 마음먹으면 앞으로 갈 길이 멀다는 건 눈치로 알아챌 수 있다.

그럼에도 불구하고 '신이 될 수 있다'는 이 명제를 알게 된 것만으로도 꽤 의미는 컸다.

교단이라는 단체가 섬기는 신이라는 나부랭이들이 결코 손에도 닿지 않고 꿈도 꿀 수 없는 존재가 아니라는 것을 시사해 주니 말이다.

'어쩌면 교단의 신들도 원래는 플레이어였을지도 모르지.'

아직은 가설에 불과하지만, 아예 가능성이 없는 이야기도 아니다.

"뭐, 좋아. 알았어."

솔직히 이야기해서, 나는 좀 쫄아 있었다.

어쩌다 보니 지옥 멧돼지를 죽였고, 교단의 인퀴지터까지 죽였다. 앞으로는 신마저도 적대시해야 할지도 모른다는 생각에 암담한 기분이 든 것도 사실이다.

그러나 내가 상대할 신이란 것들의 정체가 옛날엔 나와 같은 플레이어였을지도 모른다는 가설은 그저 그럴 수도 있겠다는 것만으로도 내게 작지 않은 용기가 되었다.

일이 이렇게 된 이상 어차피 물러날 곳도 없다.

"갈 데까지 가보자고."

나는 각오를 다졌다.

*   *   *

반격가 12레벨을 찍음으로써 새로운 스킬을 손에 넣었다.

[흡수/방출]
─등급: 희귀(Rare)
─숙련도: 연습 랭크
─효과: 적의 마법 계열, 혹은 에너지 투사 스킬을 흡수한다. 흡수한 스킬은 원하는 방향으로 방출할 수 있다.

적의 모든 투사체를 반격할 수 있는 받아쳐 날리기에 비해 조건은 조금 더 빡빡하지만 반격 타이밍을 조절할 수 있고 방향도 마음대로 정할 수 있어서 명중률이 더 높은 스킬이다.

애초에 레벨이 너무 높은 탓에 적을 제압해 경험치를 얻는 것 자체가 힘든 나다. 새로 수련할 수 있는 스킬이 생긴 것 자체가 꽤 큰 의미를 갖는다.

문제는 이 스킬을 오크 상대로 수련하기가 힘들다는 점이다. 적어도 이 자리에 있는 오크들 중에 마법을 쓸 수 있는 오크는 단 한 명도 없다. 마법 외의 에너지 공격도 그렇고.

받아쳐 날리기도 마법 공격 반격 수련치를 채울 수 없으니, S랭크를 찍기 위해서는 결국 다른 연습 상대를 찾아야 했다.

막고 던지기도 마찬가지. 대형종 대상 반격 수련치가 필요했다.

결국 오크 상대로 채울 수 있는 수련치는 다 채운 셈이다.

'슬슬 오크들을 두고 떠날 생각을 해야겠군.'

애초에 교단의 인퀴지터를 죽여 버린 이상 정주 생활을 할 생각은 버려야 한다.

교단이 인퀴지터의 죽음을 언제 인지하고 날 추적해 올지는 모르지만, 적어도 아무 생각 없이 이 자리에 계속 남아 있는 건 자살행위나 다름없다.

어째서인지는 모르지만 새티스루카는 오크나 드워프들에게는 일절 손을 대지 않았다. 그가 직접 죽이려고 한 건 나뿐이다.

뭐, 성직자가 '잡균'에 직접 접촉하면 안 된다는 교리라도 있는 모양이지.

모든 종교가 그런 것은 아니겠지만, 보통 종교란 건 합리와는 거리가 멀기 마련이다. 다른 종교의 교리를 논리적으로 이해하려고 들 필요는 없다.

그런 의미에서는 최대한 빨리 내 흔적을 지우고 이 자리를 떠나는 게 내게도 좋고 드워프나 오크들에게도 좋을 가능성이 높았다.

"신이시여! 저희를 버리지 마시옵소서!"

"그렇습니다! 차라리 따르라 하옵소서!!"

당연히 드워프와 오크들은 떠나려는 나를 잡으려고 했다. 아무리 논리적으로 설득해 봐야 먹히지 않을 것임은 해보지 않아도 알 수 있다. 그러므로 나는 이들에게 비논리적으로 접근해야 했다.

"너희들에게는 날 붙잡을 자격이 없다. 지금의 너희는 너무 약하고 어리석기 때문이지."

나의 말에 두프르프와 라카차의 입이 닫혔다.

"그, 그렇다면 저희는 어찌해야 합니까!"

라카차는 바로 닥쳤지만, 두프르프는 아직 미련이 남았는지 내게 그렇게 물었다. 그 질문에 대한 답을 미리 생각해 두지 않았던 나는 잠깐 망설였다가, 생각나는 대로 외쳤다.

Chapter 8

"…문명을 쌓아 올려라!"

그 문장을 떠올리고 나니, 뒤이어 해야 할 말이 차례차례 떠올랐다.

"힘을 쌓고 기술을 닦고 지식을 모아 번성하라! 때가 되면 나는 돌아오리니, 내가 거하기에 합당한 처소를 마련해 두어라! 그것이 앞으로 너희가 해야 할 일이다!!"

이 땅의 관리자였던 새티스루카가 죽었으니, 당분간은 이들이 '살균'당할 일도 없을 것이다. 그 빈자리가 언제 채워질지는 몰라도 번성할 시간을 벌어들인 것만은 사실이었다.

내가 여기로 다시 돌아올 일이 있을지 모르겠지만, 이들이 내 말대로 정말 훌륭한 문명을 쌓아 올리길 진심으로 바란다.

이들이 이 땅에 번성하면 이들을 '살균'하려고 했던 교단이 싫어하겠지?

그런 생각이었다. 내가 생각해도 다소 유치하기까지 한 발상이었지만, 전술의 기본은 '상대가 싫어하는 짓을 하라'고, 나는 그 금언에 걸맞은 계책을 짜낸 것뿐이다. 라고… 포장해 두자.

그런 내 속내를 알 리 없는 오크들과 드워프들은 고개를 조아려 내 말에 대답했다.

"그리하겠나이다!!"

*   *   *

그렇게 이진혁은 오크의 황야를 떠났다.

그렇기에 이진혁은 모른다.

거대 괴수인 지옥 멧돼지의 피와 살이 황야에 흩어져 거름이 되고, 이진혁이 떠나던 날 잔뜩 내린 빗물을 받아 다시 태어날 날만을 기다리며 땅속에 잠들어 있던 마른 씨앗들이 비로소 움트기 시작할 것임을.

황야 지역의 관리자인 새티스루카가 죽음으로써, 의도적으로 황폐화되고 있던 이 지역이 다시 풍요로움을 되찾을 것을.

본래 서로 반목했던 오크와 드워프는 힘을 합쳐 문명을 일

귀내고 번성하여, 그 일을 가능하게 한 이진혁의 이름을 대대
로 전할 것임을.

이진혁이 마지막으로 피우고 간 캠프파이어가 성화(聖火)가
되고, 성화를 중심으로 도시가 세워지고, 이 도시가 성지(聖
地)가 되어 이진혁 신앙의 중심지가 될 것임을.

이진혁은 모른다.

그러나 언젠가는 알게 될 것이다.

*   *   *

[질주]

내가 일단의 목표로 삼은 것은 이 황무지를 빠져나가는 것
이었다. 범인이 범행 장소를 얼쩡거리는 건 어리석은 일이니
까.

뭐, 내 입장에서야 덤벼드는 놈을 상대로 반격한 것뿐이지
만 교단이 그런 내 사정을 감안해 줄 가능성은 많이 낮았다.
보통 팔은 안으로 굽기 마련이다.

다행히 부스터 약물의 후유증은 하루가 다 가기 전에 사라
졌다. 그렇다고 안심할 건 못 된다. 후유증이 사라진 것뿐이
지, 쿨타임은 여전히 남은 상태였다.

지금이라면 교단의 인퀴지터를 상대로 1 : 1을 붙었을 때

반드시 진다. 그러니 도망쳐야 한다. 되도록이면 멀리.

그래서 내가 목적지로 삼은 곳이 바로 저기였다.

"저게 큰 바위 벽 산인가."

큰 바위 벽 산은 그 이름대로 바위로 된 벽처럼 생긴 산이다. 매우 직관적인 작명 센스 덕에 그게 어딘지는 금방 알 수 있었다. 두프르프는 저 산을 넘으면 자신들의 고향이 나타날 것이라고 말했다.

드워프들이 넘을 수 있을 거라고는 생각하기 힘든 가파르고 험난한 산세였다. 그러나 그들은 실제로 저 산을 넘어 황무지 쪽으로 대피해 왔다.

"…저기로군."

드워프들은 아주 좁은 샛길을 통과해 산을 넘었다. 도중에 산 안으로 난 동굴을 통과해야 하지만, 상대적으로 편하게 산을 넘을 수 있는 길이다. 드워프들이 직접 개척한 길이라 아는 사람도 없다고 했다.

"몸을 숨기기엔 제격이겠지."

나는 곧장 샛길 쪽으로 향했다.

샛길도 만만찮게 가팔랐지만, 적어도 걸어서 갈 수 있다는 점에서 길이라고 부를 순 있었다. 도중에 발을 잘못 디딘 듯 떨어져 죽은 드워프 유해를 몇 구 발견하긴 했지만 그럴 수도 있는 일이다.

지나치게 서두를 필요는 없었지만 쓸데없는 여유를 부릴

이유도 없었기에 나는 발길을 재촉했다. 민첩 99+는 이럴 때 쓰라고 있는 거다. 절벽을 거꾸로 기어 올라가는 것도 아니니 적어도 내게 있어선 크게 위험하지도 않았다.

그 보람이 있어, 나는 해가 지기 전에 드워프들이 개척했다던 동굴을 발견할 수 있었다.

"…흐음……."

나는 동굴 안으로 바로 발을 들이지는 않았다.

"…직감이 반응하는군."

동굴 안에 '적'이 있다.

어떤 적인지는 모르나 이 순수한 적의를 보아하니 아마도 굶주린 육식동물이거나 움직이는 시체 따위일 것 같았다.

물론 블랙 드래곤만큼 위험하지는 않다. 아니, 그보다는 훨씬 약하다. 적 자체는 기껏해야 구울보다 조금 강한 정도이리라.

그러나 동굴 안은 적의 영역이다. 불빛 하나 없는 캄캄한 동굴 안에 아무런 대비도 없이 들어가는 건 조금 꺼려졌다.

흔히 그러지 않는가? 누구든 자기 집에선 절반은 먹고 들어간다고.

크리스마스 때 자주 틀어줬던 어떤 영화에선 10살밖에 안 된 꼬마 애가 자기 집을 침입한 도둑 두 명을 각종 함정을 이용해 거의 죽여 버리기도 했다. 영화 등급상 죽는 모습을 보여주진 않았지만, 보통은 사람이 그렇게까지 맞으면 죽는다.

나라고 그 꼴이 되지 말라는 법은 없었다. 그러니 대비를
해야 했다.

[캠프파이어]

원래는 불을 피울 생각이 없었지만, 상황이 이러니 어쩔 수
없다. 아직 날이 어두워지지 않아서 다행이다. 이 불빛을 보
고 쓸데없는 게 날아오면 골치가 아파지니.

나는 생성된 캠프파이어에서 불붙은 장작 하나를 꺼내고
스킬을 즉시 종료시켰다.

"진짜 신기하단 말이지."

내가 보기엔 이 캠프파이어가 제일 신기한 스킬이다. 질량
보존의 법칙을 무시하고 음식을 사람 수대로 늘려주질 않나,
분명히 스킬을 껐는데도 그 부산물인 불붙은 장작은 남기질
않나. 법칙을 무시한다는 [스킬]의 특성이 가장 잘 드러난 스
킬일지도 모른다.

뭐, 그래 봐야 커먼 스킬이지만.

"자, 그럼 갈까."

이 세계에서 불붙은 장작을 손에 쥐고 있는 건 시선을 많
이 끄는 행위다. 해가 지고 나면 더욱 시선을 모을 테고.

광원도 손에 넣었겠다, 더 망설일 이유가 없었다.

나는 곧장 동굴 안으로 몸을 날렸다.

　　　　　*　　　　　　*　　　　　　*

[간파]

—[고치 던지기]

"벌써?"

내가 동굴 안으로 들어서자마자 적의 공격이 날아왔다. 아무래도 내가 이 동굴 안에 들어서기만을 동굴 안에서 숨죽여 기다렸던 것 같다.

S랭크 간파는 내게 공격이 날아온 방향과 적의 위치까지 알려주었다. 올려둬서 다행이다! 간파!

[받아쳐 날리기]

따악!

나는 불붙은 장작을 무기 삼아 [받아쳐 날리기]를 시전, 성공했다.

A랭크까지 올린 받아쳐 날리기는 솜씨 보정 비율이 올라가 이젠 나도 어느 정도는 원하는 방향과 궤도로 날아오는 공격을 되받아칠 수 있게 되었다.

사실 되받아치는 게 거미줄이다 보니 잘못 쳤다간 장작에 걸리는 게 아닐까 살짝 걱정했었다. 보다시피 걱정은 기우였다.

그렇다. 거미줄. [고치 던지기]라는 스킬에서 '고치'란 건 진짜 고치가 아니라 거미줄로 이뤄진 뭉텅이를 뜻하는 듯했다.

"흐음."

나는 자기 공격에 자기가 휘말려 옴짝달싹 못하는 거미를 보았다.

거미의 크기는 매우 컸다. 그렇다고 집채만 하지는 않았지만. 딱 사람만 했다. 딱 사람 잡아먹을 크기기도 했고. 거미도 이 정도 크기다 보니 꽤나 그로테스크하게 느껴졌지만, 다행히도 내게 거미 공포증은 없었다.

그리고 그와 함께 전까지 못 보던 메시지가 등장했다.

―[고치 던지기]를 습득할 수 있습니다.
―선행 스킬: [거미줄 생성]

이건 내가 받아쳐 날리기 한 적, 거미의 스킬이다.

간파가 S랭크에 도달하면서 새로운 보너스를 얻었기에 가능해진 일이다. 그 보너스란, 운이 좋으면 반격가 스킬로 반격한 적의 스킬을 얻을 수 있는 것이었다. '운이 좋으면'이라는 구문에서 알 수 있듯, 행운 수치의 영향을 받는다.

이렇게 기념할 만한 첫 스킬을 얻긴 했지만, 나한테 거미줄을 생성하는 능력이 있을 리 없으니 꽝이다.

"너무 약하군."

직감이 반응한 것치고는 거미가 너무 약했다. 사람만 한 크기에 스킬까지 쓰는 거미니 보통 사람들에겐 위협적이겠지만 내겐 아니다.

더군다나 위험을 알리는 직감은 아직도 반응하고 있었다. 어떤 경우에 이런 반응을 얻을 수 있는지 나는 이미 여러 번 경험했다.

"적이 다수라는 뜻이렸다?"

[돌발 퀘스트]
―의뢰인: ―
―종류: 토벌
―난이도: 보통
―임무 내용: 식인 거미 토벌
―보상: 한 마리당 금화 10개(+100%), 기여도 10(+100%)

그때, 퀘스트가 떴다.

"아, 얘네 이름이 식인 거미였군."

구울에 비해 토벌 보상이 다섯 배인 걸 보니, 구울보다 다섯 배쯤 강한 듯했다. 아닐지도 모르지만. 크리스티나가 자리를 비워서 그런지 의뢰인 항목이 공란인 게 눈에 띈다. 레벨 업 마스터에서 자동으로 준 퀘스트인가?

"하긴 사람 잡아먹는 거미라면 인류연맹에서 토벌을 의뢰할 만도 하지."

어쨌든 꽤 쏠쏠한 퀘스트이기에, 나는 동굴 안 거미들의 씨를 말려 버리기로 결심했다.

*　　　*　　　*

거미의 숫자는 아주 많았다. 100마리를 넘긴 후부터는 숫자를 세지도 않았다. 어차피 돌아오는 보상으로 잡은 숫자를 가늠할 수 있게 될 테니 굳이 내가 직접 카운트할 필요도 없었다.

거미들의 강함은 들쭉날쭉했다. 개중에는 동족을 잡아먹다 나한테 걸린 놈들도 있었는데, 아무래도 이것들은 동족상잔으로 레벨을 올리고 있는 모양이었다.

어휴, 퀘스트 보상 깎일 뻔했네. 다행히 둘 다 죽여 킬 스코어는 2로 기록되는 걸 확인했다. 막타 잘 먹었습니다.

그렇게 강해진 거미들 중에는 희귀하게 마법을 쓰는 놈들도 있었다. 그렇다고 거미 주제에 내게 불꽃 작렬 같은 걸 날리지는 않았고, 독이나 슬로우, 마비 상태를 일으키는 저주 계열의 공격을 주로 사용해 댔다.

물론 내 입장에서는 매우 웰컴이었다.

[흡수]

주로 ·에너지 계열의 공격을 흡수할 수 있다던 흡수 스킬은 거미들이 쓰는 저주 계열 마법도 잘 빨아들였다. 연습 랭크 때는 흡수하고 나서 거의 바로 방출로 이어줘야 했기에 쓸모 없는 스킬이란 느낌이 강했지만, B랭크에 이른 지금은 이미지 가 많이 바뀌었다.

[흡수]

B랭크에 이르자 방출을 하지 않고 흡수만 5스택을 쌓을 수 있게 되었고, 스택해 둘 수 있는 시간도 많이 늘어나 지금은 5분이나 버틸 수 있다. 이 말인즉슨, S랭크까지 올리면 더 많 은 에너지 공격을 저장한 채 더 오래 버틸 수 있다는 의미다.

슬로우 같은 거야 여러 스택 쌓아봐야 큰 의미가 없지만, 불꽃 작렬 같은 걸 5스택쯤 쌓아놨다가 한꺼번에 방출한다고 생각해 보라.

"반격가 정말 최고다!"

사실 5레벨이 되기 전까지는 초무투가 같은 걸로 전직하는 게 더 낫지 않았을까 살짝 후회한 적도 있지만, 불과 몇 분 전 까지 거미 20마리를 동시에 상대하면서 왜 화염술사로 전직하지 않았을까 많이 후회했지만!

"직감을 믿길 잘했어."

나는 손바닥을 뒤집었다.

"아, 저놈도 마력 다 떨어졌네."

아쉽게도 거미가 사용할 수 있는 저주의 횟수에는 한계가 있었다. 마력이 다 떨어지면 더 이상 저주를 사용하지 못한다. 매우 안타까운 일이다.

[방출]— 슬로우
[방출]— 슬로우
[방출]— 독
[방출]— 마비
[방출]— 마비

저장해 둔 저주 다섯 발을 거미에게 끼얹어줬더니 굉장히 괴로워한다. 언뜻 보기에는 불쌍하게 보이지만, 이거 다 저놈이 나한테 쏜 걸 되돌려준 것뿐이다.

하지만 저렇게 괴로워하는 걸 그냥 두고만 보는 것도 못할 짓이지.

빠악.

나는 거미를 죽였다.

—퀘스트 완료! 보상을 지급합니다. 인벤토리를 확인하십시오.

—금화 2,530개(+100%), 기여도 2,530(+100%).

퀘스트 완료 버튼을 누르자마자 그동안 잡은 거미 숫자를 산정한 보상이 나타났다.

253마리나 잡았나. 내 입장에서는 그다지 어렵지도 않았는데 지옥 멧돼지보다 2.5배 이상의 보상이 나오니 좀 얼떨떨하기도 했다.

결과만 놓고 보면 좋은 스킬 수련장이었지만, 사실 [흡수/방출] 스킬을 익히지 못했다면 꽤 고전할 뻔도 했다. 거미들의 저주는 피하기도 어렵고 동시에 여럿 날아오면 [받아쳐 날리기]로 대응하기도 골치 아플 터였으니.

그런데 이렇게 많은 식인 거미들이 도사리고 있었는데, 드워프들은 용케도 이 통로를 통해 황무지로 탈출했군. 아니, 이 통로를 판 게 드워프들이라고 했으니 그들이 빠져나간 뒤에 거미들이 들어왔다고 보는 게 앞뒤가 맞겠다.

"…몇 마리는 그냥 살려둘 걸 그랬나."

나는 입맛을 다셨다. 왜냐하면 방금 죽인 이놈이 마지막 거미였고, 가장 레벨이 높은 거미였기 때문이다. 말하자면 이 던전의 보스였던 셈이다. 여기가 던전인 건 아니지만, 어쨌든.

그러나 나는 곧 고개를 저었다. 거미들의 마력 회복 속도는 아주 느렸기에 계속 살려서 수련용으로 써먹기엔 시간이 너무 많이 걸렸다. 수련치 좀 먹자고 언제까지고 이런 동굴 안에 처박혀 있을 생각은 없었다.

*　　　　*　　　　*

내 다음 목표는 드워프들의 고향을 침략한 거대 괴수였다.

그 거대 괴수는 매우 높은 확률로 필드 보스일 테고, 그럭저럭 높은 확률로 교단에서 의도적으로 배치한 '살균 병기'일 것이다.

쉽고 빠르게 강해지는 방법은 역시 필드 보스를 잡는 거다. 금화와 기여도도 그렇지만, 토벌 보상으로 직업 경험치까지 벌어들일 수 있다는 게 무엇보다 중요하다.

물론 필드 보스, 교단 측에서 일컫는 살균 병기를 죽임으로써 교단의 관심을 끌 위험이 있기야 있었다. 하지만 얼른 잡고 멀리 도망치면 내가 죽인지도 모를 것이다.

내가 죽인 인퀴지터, 새티스루카는 내가 지옥 멧돼지를 죽이고 몇 시간이나 있다가 나를 찾아왔고, 내게 시비를 건 이유도 캠프파이어를 피우고 있어서였다. 그는 내가 헬리펀트의 뿔 라켓을 꺼낸 걸 보고서야 자기네 살균 병기를 부순 범인이 누군지 뒤늦게 파악했다. 다 근거는 있는 셈이다.

반격가 레벨도 10레벨까지 찍고 나니 스킬 하나를 B랭크까지 올렸는데도 레벨 업을 못 했다. 이런 상황에서 토벌 퀘스트 해결로 얻을 수 있는 대량의 경험치는 다소간의 위험을 감수하고서라도 얻을 만한 가치가 있는 달콤한 보상이다.

"그 전에……"

나는 인벤토리를 열어 레벨 업 마스터를 꺼내 들었다.

실은 흡수/방출 스킬 수련치를 올리는 도중에 부산물로 [독 뿜기], [마비 마안], [슬로우] 스킬 연습 랭크를 습득했었다. [간파] 스킬 S랭크 보너스의 힘이다. 동굴에 들어서자마자 얻은 [고치 던지기]를 합치면 총 4개다.

문제는 이 스킬들을 내가 쓸 수가 없다는 점이다. [고치 던지기]는 선행 스킬로 [거미줄 생성] 스킬을 필요로 했고, [독 뿜기]는 [독 생성] 스킬을 요구했다. [마비 마안]과 [슬로우]는 마력 능력치가 없으면 아예 사용조차 불가능했다.

"이런 잡기술을 익혀서 과연 도움이 될까?"

반격가는 주 능력치가 직감이라 직업 스킬들도 1레벨부터 쓸 만했지만, 이 잡기술들은 마력 기반이다. 지금 와서 마력을 올려봤자 얼마나 큰 성과를 거둘 수 있을까? 주 직업도 반격가라 마력도 안 오르는데. 잔여 미배분 능력치도 0이고.

그래서…….

"도와줘요, 컨설턴트!"

컨설턴트와 상담하기로 했다.

—이렇게 빨리 저를 다시 찾아주실 줄은 몰랐습니다.

레벨 업 컨설턴트 주리 리. 레벨 업 마스터의 부가 기능인

직업소개소 담당자. 내게 반격가를 소개시켜 주고 전직시켜
준 전적이 있다.

　─보통은 1차 직업을 완전히 졸업한 뒤에 절 찾기 마련이거
든요.

　그야 보통은 그렇겠지.

　"너도 사정이 좀 나아진 모양이로군, 주리 리."

　─네, 중요 연맹원님. 모두 중요 연맹원님 덕입니다.

　주리 리는 허리를 깊게 숙여 감사를 표했다.

　상점과 마찬가지로, 직업소개소의 설비도 많이 나아졌다.
사무실도 조명이 밝아졌고 의자도 몇 개 늘었다. 눈에 확 띌
정도의 변화는 아니나, 어쨌든 좋아진 건 좋아진 거지.

　─이렇게 빨리 중요 연맹원으로 진급한 사례는 처음 봅니
다. 저는 운이 좋군요.

　"그렇지? 그러니까 나 좀 도와줘."

　나는 사정을 설명했다.

　그러자 주리 리는 별로 당황하거나 고민하는 기색도 없이
곧장 대답해 주었다.

　─방법은 세 가지가 있습니다.

　"세 가지나?!"

　주리 리는 역시 겉보기대로 유능한 것 같았다. 나는 기대
를 담은 눈빛을 레벨 업 마스터를 향해 쏘아 보냈다. 주리 리
는 그런 내 눈빛에 별로 부담스러워하지도 않은 채 담담히 내

게 첫 번째 헌책을 진언했다.

―첫 번째는 마력을 사용하는 반격가 상위직으로 전직하는 것.

"그런 게 있어?"

―네. 다른 1차 직업을 서브 클래스로 놓고 어느 정도 레벨을 올릴 필요가 있습니다만 가능합니다.

반격가 상위직으로 전직하기 위해서는 일단 반격가 레벨을 20까지 올려야 한다. 이는 10레벨의 요구 경험치양을 감안할 때, 꽤 먼 훗날의 일이 될 것이다.

―두 번째는 마력을 얻을 수 있는 다른 1차 직업으로 전직하는 것.

1차 직업에 대해서는 긴 시간을 들여 모든 직업에 대해 설명을 들었으므로 나는 금방 그 직업이 무엇인지 눈치챌 수 있었다.

"마법사 같은 거 말이지?"

―마법사도 괜찮고, 마법 계열 직업이라면 뭐든지 가능합니다만 보통 마법사 계열 직업으로 전직했을 때 기존의 스킬을 사용하지 못하게 되는 일이 많으니 주의하셔야 합니다.

그건 좀 곤란하다. 아무리 내 능력치가 높다고 해도 튜토리얼에서 얻은 기본 스킬만 갖고 필드 보스를 맞상대하긴 어렵다. 교단의 인퀴지터라도 오면 설령 부스터빨을 받더라도 필패일 거고.

―세 번째는 상점에서 마력 능력치와 마력을 올려주는 장비를 사서 장착하는 겁니다.

"그래! 그 방법이 있었지!!"

―세 번째가 가장 하책입니다.

"......"

그야 그렇다. 마력을 올려주는 장비를 돈까지 주고 사는 건 다른 곳에 쓸 수 있는 기회비용을 날리는 거나 마찬가지니까. 내 경우는 차라리 더 좋은 반격가용 장비를 장만하는 게 즉각적인 전력 향상 측면에서 훨씬 유리하다.

―사실 가장 좋은 방법은 따로 있습니다만.

"그게 뭐지?"

―잡기술을 포기하는 겁니다. 이것이 가장 상책입니다.

주리 리의 대답은 단호했다. 나로서도 어느 정도 눈치는 챘지만, 그래도 아까운 마음에 무겁게 고개를 끄덕일 수밖에 없었다.

"…역시 그런가."

―반격 기술을 수련하시다 보면 앞으로도 많은 잡기술을 입수하실 겁니다. 이러한 스킬들을 모조리 익혀 사용할 수 있게 만드는 건 불가능에 가까울뿐더러 효율도 떨어집니다.

맞는 말이다. 지금이야 얻게 된 스킬이 몇 개 되지 않아 버리는 게 아깝지, 내가 오래 반격가 스킬을 쓸수록 이런 잡스킬들이 잔뜩 쌓이게 될 테니까.

—첫 번째 방법과 두 번째 방법이 하책인 이유도 말씀드리겠습니다. 더 강해지면 강해질수록 레벨을 올리기는 더 어려워집니다. 강한 적을 쓰러뜨려도 경험치를 얻지 못하는 일도 잦아집니다. 가능한 한 성장이 수월할 때 주력 클래스에 경험치를 투자하는 것이 효율적입니다.

주리 리의 설명이 이어졌다.

—무엇보다 스킬 포인트에 제한이 있는 이상, 반격가의 주력 스킬 랭크를 최우선적으로 올리는 것이 좋습니다. 그러니 반격가로서 성장을 도모하는 것이 좋으실 겁니다. 이게 제 결론입니다.

주리 리의 조언은 전부 옳았다.

문제는 내 쪽에 있었다. 그녀에게 내 사정을 전부 밝히지 않은 게 그것이었다.

첫째, 내 레벨은 00레벨이라 일반적인 적을 사냥하는 것만으로는 경험치조차 얻을 수 없다. 둘째, 내 스킬 포인트는 999+에서 떨어질 줄을 몰랐다. 이 두 가지를 나는 주리 리에게 밝히지 않았고, 그렇기에 주리 리의 결론은 저렇게 떨어진 것이다.

"…첫 단추를 잘못 끼웠군."

나는 한숨 섞인 목소리로 말했다. 인류연맹이라는 단체를 덮어놓고 신뢰하는 건 꺼려졌고, 그 연맹 소속인 주리 리에게도 사실을 밝히지 않은 건 내 탓이다. 그 탓에 주리 리가 잘못된 조언을 하는 것도 내 탓이 짙었다.

조언을 구하는 이상, 조언자를 신뢰해야 한다.

기업에서 컨설턴트를 구하고도 망하는 가장 큰 이유가 이것이다. 어쨌든 컨설턴트는 외부인이고, 그 조언을 믿지 않기 때문에 결국 돈 들여서 컨설팅을 받아도 구조 개선에 실패한다.

아니, 그냥 자기 방식을 고집하는 게 첫 번째 이유인가. 하긴, 신뢰하지 않는다는 점에 있어선 별다를 바가 없군.

내 혼잣말을 듣고도 주리 리는 평소와 똑같이 나를 주시하고 있을 따름이다. 내가 무슨 생각으로 저런 혼잣말을 했는지 궁금할 테고 당황스럽기도 할 텐데 저런 모습을 보여주다니. 미안함이 느껴짐과 동시에 한층 더 신뢰가 간다.

나는 잠깐 고민하다가, 다시 입을 열었다.

"주리 리."

─네, 중요 연맹원님.

"날 용서해 줄래?"

일이 이렇게 된 이상, 나는 주리 리에게 내 비밀을 밝힐 수밖에 없게 되었다. 기본 사항을 공개하지 않는 한, 제대로 된 조언을 받는 건 요원해 보였기 때문이다.

그렇다고 주리 리에게 모든 것을 밝힌 건 아니다.

나는 딱 두 가지만을 밝혔다. 첫째, 내 레벨이 너무 높아 필드 보스급이 아닌 이상 경험치를 얻을 수 없다는 것. 둘째, 내 레벨이 매우 높아 스킬 포인트가 남아도는 상태라는 것.

─그러셨죠. 죄송합니다.

내가 꽤 미안해하며 그 사실들을 밝혔음에도 불구하고, 내 이야기를 듣고 난 주리 리는 오히려 내게 사죄를 해왔다.

—애초에 중요 연맹원님께서 처음부터 높은 능력치를 지니고 계신 것에서 제가 알아서 유추했어야 하는데……. 잘못된 조언을 드리게 되었습니다.

그렇게 말하면 내가 뭐가 되니. 내가 혼자 죄책감에 괴로워하고 있으려니, 주리 리는 눈을 빛내며 이렇게 말했다.

—처음부터 다시 하겠습니다. 중요… 연맹원님께 추천드릴 몇 개 직업이 있습니다.

컨설팅은 이제부터 시작이다. 나는 의욕에 차 주리 리의 이야기에 귀를 기울였다.

*   *   *

[야전 마법포병(Field Artillery Sorcerer)]
—야전 마법포병은 최전선에서 전술 단위의 화력을 지원하기 위한 마법사입니다. 그 기원은 1차 세계대전에서 징병 대상이 된 마법사로, 참호에 틀어박힌 적에게 효과적으로 화력을 투사함으로써 이름을 알렸습니다. 마법포병의 마법포는 강력한 위력을 자랑하나, 발사 전후로 무방비 상태가 되는 약점이 있습니다. 그렇기에 대전 후반기까지 살아남은 마법포병은 스스로의 몸을 지킬 수 있는 다른 방법을 마련한 이들뿐입니다.

—필요 능력치: 강건 20 이상

마법사 계열인 주제에 왜 필요 능력치가 강건인지 모르겠다 가도 알 것 같은 게 무서웠다. 아니, 역시 모르겠다. 나는 아무것도 모른다. 그런데 1차 세계대전이라니? 지구의 1차 세계대전인 걸까? 그럴 리 없다. 지구에 마법사 같은 건 없었으니까. 적어도 내가 아는 한은.

[탄도 예측][패시브]
—등급: 일반(Common)
—숙련도: 연습 랭크
—효과: 포격 시 탄도를 예측한다.

[마법포 발사]
—등급: 일반(Common)
—숙련도: 연습 랭크
—효과: 마법포를 방열해 포격한다.

더불어 전직에 필요한 아이템은 마법포였다. 포병이 되기 위해 포를 살 필요가 있다니, 아주 오랜 옛날에 들었던 육군 입대하기 전에 소총 한 정 사 들고 가라는 농담이 생각나는 군.

나는 상점에서 가장 싼 [60mm 마법포]를 구매했다. 하필 60mm……. 하지만 마법포 중에선 이게 가장 싸고 그럭저럭 가벼운 축에 속했다.

그냥 가벼운 축인 거고 확실히 말해 무거웠지만, 그냥 마력을 얻기 위해 거쳐 가는 직업인 야전 마법포병의 전용 무기에 돈을 많이 들이고 싶지는 않았으니 다른 선택지는 없었다.

어쨌든 이 60mm 마법포는 마법이라는 단어가 앞에 붙었음에도 통짜 쇳덩어리라 무거웠다. 포신만 해도 이렇게 무거운데, 방열에 필요한 포판과 포 다리까지 따라온다.

이런 걸 등에다 지고 몇 km씩 걸어 다니는 건 제정신으로 할 짓이 아니다. 가능하냐, 불가능하냐를 묻는 게 아니다. 그런 건 사람이 하는 게 아니다!

…인벤토리 최고다!

내 호주머니에서 구경 60mm인 두껍고 큰 포가 부웅 하고 튀어나오는 건 뭐랄까, 아무리 스킬이나 인벤토리가 물리법칙을 무시하는 것에 익숙해졌음에도 보고 있자면 뭔가 좀 신기하고 이상하달까.

아무튼 그랬다.

주리 리와 내가 선택한 방법은 '두 번째'였다. 바로 마력을 사용할 수 있는 직업으로의 전직이었다.

그리고 이 '야전 마법포병'이라는 독특한 직업이 바로 반격가 스킬을 사용할 수 있는 1차 마법사 직군 중 하나였다. 직업 설명으로 쓰여 있는 '스스로의 몸을 지킬 수 있는 다른 방법' 중에 반격가의 스킬이 포함되어 있기에 가능한 일이었다.

이 직업이 주리 리가 직접 추천해 준 세 가지 직업 중 하나고, 가장 우선적으로 추천해 준 직업이기도 했다. 이 외에도 떠돌이 점술가나 방랑 사기꾼 같은 선택지가 있었지만 마음에 들지 않아 폐기. 결국 소거법으로 야전 마법포병으로의 전직을 선택하게 되었다.

야전 마법포병의 레벨을 어느 정도 올려 마력을 확보하고 다시 반격가로 재전직하는 게 앞으로의 내 계획이다.

애초에 마력을 20까지 올리는 게 마력을 사용할 수 있는 반격가 2차 직업으로의 전직에 필요한 조건이었다. 반격가 2차 직업의 전직 조건을 미리 맞춰두는 셈 치고 살짝 외도를 하는 셈이다.

이렇게 확보한 마력을 통해 [마비 마안]이나 [슬로우] 등의 스킬을 사용 가능하게 만들 수 있고, 앞으로 얻게 될 스킬들 중 적어도 마력 기반 스킬들은 사용할 수 있게 만드는 의의도 있다.

"좋아, 한번 해보자고."

ㅡ무운을 빕니다, 중요 연맹원님.

딱딱한 주리 리의 말투도 지금은 친근하게 느껴진다. 선을 하나 넘어서인가. 신뢰라는 이름의 선 말이다.

직감에만 의존해 선택했던 반격가 때와는 달리, 이번에는 나와 주리 리가 의견을 교환해 가며 선택한 직업이다. 아무래도 느낌이 좀 다를 수밖에 없지.

앞으로 잘 키워봐야지!

                    *   *   *

새로운 1차 직업으로 전직하게 되면서, 반격가 때는 얻지 못했던 새로운 능력치와 슬롯도 이번에는 부가되었다. 그 능력치의 정체는 바로 마력이었다.

마력: 0

전직으로 새로 얻은 마력 능력치는 깔끔했다. 하기야 마력의 흐름 같은 건 느껴본 적도 없으니 당연한 결과라고도 할 수 있었다. 이제부터 올려야지 별수 있나.

"일단은 마력에·1포인트만 투자해 볼까."

비록 새티스루카와 붙을 때 남아 있던 능력치 포인트를 행운에 다 몰아 넣긴 했지만, 새티스루카를 두 번 잡으면서 레벨 업을 또 했기 때문에 9포인트를 새로 벌어들인 상태였다. 나는 그중 1포인트를 마력에 투자했다.

마력: 1

마나: 10

마력에 능력치를 투자하자마자 마나라는 새로운 자원이 생겼다. 마력을 1 투자할 때마다 10씩 생기는 거려나. 해보면 알겠지만 지금 당장 해볼 생각은 없다.

어쨌든 마나가 생겼으니 마법 계열 스킬을 사용할 수 있게 되었다.

"좋은 일은 미루면 안 되지."

나는 곧장 스킬을 사용해 마법포를 방열했다. 박격포를 방열할 때와는 달리 땅을 파 포판을 파묻고 땅을 다져대는 작업을 할 필요는 없는 게 좋았다. 역시 스킬은 달라. 스킬이 최고다.

방열을 완료하자마자 마치 포격 게임의 튜토리얼 모드처럼 포탄의 궤적이 점선으로 그려졌다. 이게 아마 패시브 스킬로 받은 탄도 예측의 효과일 것이다. 연습 랭크의 수련치가 차오르는 걸 보니 맞네.

여기가 동굴 안인 걸 깜박했다. 이대로 쏘면 동굴 지붕이 날아가고 나 또한 땅 밑에 파묻히게 될 거다. 내가 지금 있는 곳은 공동이라 꽤 크고 넓긴 했지만 그렇다고 폭발을 일으켜도 될 리는 없다. 마력을 얻은 거에 흥분해서 자살을 할 뻔했군.

나는 스킬을 접고 마법포를 다시 해체했다. 다행인지 뭔지, 연습 랭크에선 방열을 해보는 것만으로도 수련치가 찼다. 좋아, 그럼 랭크 업!

—스킬 수련치와 랭크 업 보너스로 야전 마법포병 경험치가 상
승합니다.

—레벨 업!

—야전 마법포병 2레벨에 도달했습니다.

—강건 +2, 마력 +4, 배분 가능한 능력치 +3. 스킬 포인트 +10.

"아니, 왜 강건이 오르는 거야?"

포병이니까!

튜토리얼 세계에서 너무 오래 혼자 세월을 보낸 탓에 혼잣
말과 그 혼잣말에 스스로 태클을 거는 버릇이 들었다. 이 버
릇도 언젠간 꼭 고쳐야지.

어쨌든 마력이 4 올랐고, 그에 따라 마나도 50이 되어 꽤
여유가 생겼다. 순조롭군.

마법포 F랭크부터는 포를 직접 쏴야 수련치가 찬다. 탄도
예측도 마찬가지. 하긴 동굴 안에서 포 쏘는 연습을 한다는
것 자체가 정신 나간 일이다.

"자, 그럼 나가볼까?"

거미도 다 잡았는데 이 동굴 안에 머무르고 있을 이유가 없
었다.

*　　　　*　　　　*

어차피 출구는 미리 알아놨겠다, 나가는 데 그리 오랜 시간이 걸리지는 않았다. 그러나 나간 뒤가 문제였다.

"뭐야, 이거."

이런 상황은 예상 못 했는데. 설마 내가 야전 마법포병으로 전직했다고 이러는 건 아니겠지?

바깥에선 눈이 내리고 있었다. 그냥 포슬포슬 내리는 정도면 '와, 분위기 좋다' 이러고 말겠지만 말 그대로 펑펑 내리고 있었다. 그리고 그렇게 내린 눈이 누가 치우지도 않았고 봄도 온 게 아닌데 슥 사라질까? 답은 아니다, 였다.

눈, 눈, 눈! 사방이 온통 눈이었다. 시야에 보이는 모든 것이 눈에 뒤덮여 있었다. 이걸로도 모자라다는 듯, 눈은 지금도 쏟아져 내리고 있었다.

"으……."

그나마 이 눈을 내가 치울 필요가 없다는 사실에 안도하며 나는 눈 위를 걷기 시작했다. 그래도 최소한도의 정찰은 해야 하니까, 라는 생각 때문이었는데 나는 그 발상을 몇 분도 되지 않아 바로 후회했다.

푹.

눈 위에 한 발 잘못 내디뎠다가 3m나 추락했다. 내 능력치 상 이 정도 추락한다고 목숨이 위험하거나 하진 않기 때문에 직감은 반응하지 않았지만, 그래서 더 골치 아팠다.

어디에 발 디디고 걸어야 할지도 감이 안 잡힌다.

"으, 이 하얀 똥 덩어리!!"

겨우 산 하나 넘었는데 이렇게까지 환경이 일변할 수가 있나! 물론 동굴이 계속해서 오르막이었던 건 좀 불안하긴 했지만, 황무지와는 완전 다른 환경에 나는 갑자기 화가 북받쳤다.

"에라이, 썅!"

[마법포 발사]

쾅!

짜증이 난 김에, 나는 그 자리에서 마법포를 방열하고 쏴버렸다. 그러자 포 주변의 눈이 폭발에 휘말려 흩어졌다.

오, 생각보다 괜찮은 방법인 것 같은데? 눈 치우기에 말이다.

마나: 40/50

물론 이 마력량으로는 한 걸음 걸을 때마다 포를 쏴댈 순 없다.

"후……."

나는 방열된 채인 포를 내려다보며 어떻게 해야 할지 고민했다. 한숨을 내쉬니 내 숨결이 하얗게 김이 되어 번져갔다. 그리고 내가 시선을 움직이는 동안에도 탄도 예측 패시브는 발동해서 포탄의 궤적을 그려주고 있었다.

"…이거 직사는 안 되겠지……."

포신의 각도를 조절하며 놀고 있다가, 어떤 아이디어가 번뜩 떠올랐다.

"될라나?"

나는 마법포를 직각으로 세웠다. 그렇다, 직각. 이렇게 쏘면 마법포의 마법포탄은 공중으로 똑바로 올라가, 다시 제자리로 떨어질 것이다. 즉, 내 정수리 위에 떨어진다.

"해보자."

실험을 해보려면 실천을 해야지. 나는 곧장 포를 쐈다.

쾅!

포탄이 하늘 높이 올라갔다가, 나를 향해 똑바로 떨어졌다.

[간파]

―[마법포 발사]

"오, 된다!"

이 정도 마법포 맞는다고 죽을 나는 아니지만, 어쨌든 맞으면 아플 것이다. 그러므로 나는 바로 다음 행동을 취했다.

[흡수]

"와, 진짜 되잖아!"

나는 신나서 외쳤다. 내가 쏜 포탄을 내가 잡아서 흡수했다. 포탄이라도 마법포탄이다 보니 [흡수/방출] 스킬의 대상에 포함된 듯했다. 이게 가능하다는 건…….

"발사!"

[방출]

촤자자작! 콰앙!!

내가 정면으로 내 쏜 마법포탄이 눈을 헤치고 나아가며 길을 만들었다. 마무리의 폭발은 살짝 애교다.

"후후후, 후……. 박격포가 이렇게 좋은 거였다니."

나는 새로운 발견에 몸을 떨며 흥분했다.

포탄으로 눈을 치울 수 있다는 것에 흥분한 건 당연히 아니다.

방금 전의 행동으로 인해 [흡수/방출] 스킬의 수련치가 찼다. 이 시스템 메시지가 가리키는 것은 간단하면서도 중요하다.

수련치의 자급자족이 가능해졌다! 이제 마법 공격이 가능한 적을 일부러 찾아다니며 제발 마력이 다 떨어질 때까지 제게 마법 스킬을 써주세요, 라고 부탁할 필요가 없다는 뜻이다!

"박격포 최고다!"

이로써 [흡수/방출] 스킬뿐만 아니라, [받아쳐 날리기] 스킬의 마법 공격 받아치기 수련도 가능해진 거라도 봐도 무방했다. 이걸 보고도 흥분하지 않으면 플레이어가 아니다!

"오늘은 박격포 파티다!!"

＊　　　＊　　　＊

―이진혁 님, 저 왔어요! 뭐… 하고 계세요?

드디어 그 회의란 게 끝난 모양인지, 크리스티나가 갑자기 말을 걸어왔다.

"수련."

나는 짧게 대답했다. 그럴 만한 이유가 있었다. 지금 내 정수리를 노리고 강력한 마법포탄이 떨어지고 있었으니까. 물론 그걸 쏜 건 나지만, 그렇다고 수다를 떨 정도로 긴장을 놓을 순 없다.

따악!

나는 지금 [받아쳐 날리기]의 '마법 공격을 받아쳐 목표에 명중시키기'의 수련치를 쌓는 중이었다. 내 솜씨가 99+긴 해도 강력한 마법포탄을 내 마음대로 원하는 곳에 날려 보내기란 여간 어려운 일이 아니었고, 따라서 꽤 집중할 필요가 있었다.

콰앙!

"좋아."

날려 보낸 포탄이 원하는 곳에 정확히 명중했다. 이걸로 수련치를 가득 채웠고, 이제 S랭크로 올리는 일만 남았다. 물론 랭크 업 경험치는 반격가 상태로 받아먹어야 했기에 일단은 보류하기로 했다.

[흡수/방출]의 수련치도 이미 채워놨겠다, 다시 반격가로 재전직해서 랭크 업 보너스를 받아먹는 일만 남았는데…….

이름: 이진혁
직업: 야전 마법포병
레벨: 4

"1레벨만 더 올리면 스킬을 하나 더 얻을 수 있을 것 같은데……."

반격가 5레벨 때 받아쳐 날리기를 배웠으니, 야전 마법포병의 새 스킬도 5레벨에 얻을 수 있을 가능성이 높았다.

마력: 15

마력을 20을 못 채운 것도 있고. 1레벨만 더 올리면 19니까.

그냥 자동으로 오르는 마력만으로는 마나가 모자라서 2를 더 찍어 올려주긴 했는데, 이 서브 클래스에 잔여 미배분 능력치를 더 투자하고 싶지는 않았다.

하지만 레벨 업을 하려면 마법포로 적을 격파하는 수련치를 쌓아야 한다. 지금 당장은 올릴 수 없는 수련치다. 나 자신을 격파할 수는 없는 노릇이니 말이다. 적이 언제 나타날지 모르니, 당분간은 야전 마법포병인 채로 대기할 필요가 있었다.

—…수련 다 끝나셨어요?

내가 가만히 서서 고민하고 있으려니, 크리스티나가 조심스러운 어투로 말을 걸어왔다. 아무래도 내 수련이 끝나길 기다리고 있었던 모양이다. 기특한 것.

"응."

나는 고개를 끄덕였다.

"꽤 오래 걸렸군."

—죄송해요. 회의가 길어져서요.

꽤나 뜨거운 회의였나 보다. 그리고 그 회의란 인퀴지터를 격살한 내 공이 어느 정도의 수훈인지를 논하는 회의다 보니, 나로서도 그 결과가 신경 쓰일 수밖에 없었다.

"자, 그럼 그 회의의 결과가 어떻게 됐는지 들을 수 있을까?"

—네!

크리스티나는 밝게 웃었다. 아무래도 회의 결과는 꽤 좋은 모양이다. 그녀에게 좋은 건지, 내게 좋은 건지는 들어봐야 알겠지만 아마 높은 확률로 내게도 좋고 그녀에게도 좋은 결과겠지. 그렇게 믿는다.

"…그 전에, 눈이 너무 많이 오는군. 자릴 좀 옮겨야겠어."

해도 지고 있었다. 날도 추워졌다. 아무리 강건 능력치가 높다지만, 일부러 추운 데를 골라서 자는 버릇은 없다. 그리고 마침 눈과 바람, 추위를 피하기에 좋은 곳도 알고 있다.

내가 나왔던 동굴이 바로 그곳이었다.

＊　　　＊　　　＊

나는 다시 동굴로 돌아가 [캠프파이어] 스킬로 불을 켰다.

몰랐던 사실인데, 휴식으로는 마나 회복이 빨라지지 않지만 S랭크 캠프파이어를 켜고 휴식을 취하면 빨라진다. 수면에 준하는 효과를 발휘해서 그런가? 메커니즘은 잘 모르겠다. 어쨌든 마침 마력을 다 써버린 상태라 딱 좋았다.

내가 들을 준비를 마치자, 크리스티나는 헛기침을 한 번 해 목소리를 가다듬었다. 기분 탓인지 조금 긴장한 듯도 보였고, 흥분한 것처럼도 보였다.

—가장 먼저, 이진혁 님께서 달성하신 공적은 전공으로 처리되었습니다. 더불어 훈장의 수여 또한 결정되었습니다. 그 방식에 대해서는 이견이 있었습니다만, 전승식까지 거행하는 것은 지나치다는 의견이 있어 결국 제가 전달하는 것으로 마무리되었습니다.

"전승식까지야……. 안 하길 잘했네."

—아뇨, 아닙니다. 이진혁 님께서는 아직 교단의 인퀴지터를 격살했다는 것이 얼마나 큰 전공인지 모르십니다. 연맹의 내로라하는 전사들이 대대 단위로 나서도 인퀴지터의 이단심문을 막아내는 게 고작입니다.

연맹의 내로라하는 전사들이 대대 단위로? 혹시 연맹의 전사들이 약한 건가?

확실히 인퀴지터는 강적이었다. 만약 능력치 부스터라는 꼼수와 반격가 특유의 스킬들, 마지막으로 일격필살의 위력을 갖도록 강화와 합성을 거듭한 초절강타라는 스킬이 없었으면 놈을 물리치는 건 불가능했을 터였다.

이마저도 적이 방심했고 내 운이 좋았기에 가능했던 일이다.

아무리 그래도 대대 단위가 나서서 인퀴지터를 못 잡는 건 좀 이상한 거 아닌가? 대대 단위라면 최소한 1,000명의 전사가 나섰다는 뜻일 텐데. 물론 인류연맹의 대대 편제는 내가 아는 거랑 좀 다를 수도 있겠지만, 그렇다고 이상한 게 가시지는 않는다.

내 속내를 읽어낸 것인지, 크리스티나는 곧장 이렇게 말했다.

ㅡ보통 인퀴지터는 하수인들을 데리고 나타나긴 하죠. 상황이 불리해지면 금방 내빼기도 하고요. 한번 죽이는 데 성공하더라도 부활한 후 도망치는 일도 흔히 일어납니다. 그래서 인퀴지터를 처치하기 힘든 거긴 합니다만…….

"아, 그렇군. 그럼 내가 보통 운이 좋은 게 아니었네."

조우한 게 하수인도 없이 혼자 다니는 인퀴지터였던 데다, 이유는 모르겠지만 한 번 죽고 부활한 후에 곧장 도망치지도 않았으니 내가 죽일 수 있었던 거다.

새티스루카에겐 진짜 고마워해야겠다. 절 상대로 방심해

줘서 감사합니다, 새티스루카 씨.

─확실히 이번 전투 결과는 누구에게도 이변이었습니다. 하지만 그렇다고 인퀴지터를 격살한 전공이 폄하당할 이유는 어디에도 없습니다. 저는 마지막까지 전승식을 치르고 정식으로 훈장 수여를 하길 주장했습니다만……. 아쉽습니다. 제 발언력이 부족하여……. 정말 죄송합니다, 이진혁 님.

"이견을 낸 게 너였냐."

회의가 길어진 건 크리스티나 때문이었다는 충격의 진실!

─저뿐만은 아니었습니다. 말씀드렸다시피 이 전공은 결코 가볍지 않았으니까요. 그러나 이진혁 님께서 어디 계시는지도 모르는데 전승식을 어떻게 치를 거냐는 현실적인 반론에 부딪혀서 그만…….

이야기를 듣자 하니 어쨌든 전승식을 치를 급의 전공이라는 것 자체는 다른 반론이 없었던 모양이다. 나는 단지 운이 좋았을 뿐인데 말이다.

＊　　　＊　　　＊

크리스티나는 다시 한번 헛기침을 하더니, 빠른 목소리로 이렇게 선언했다.

─이진혁 님께서 받으실 훈장의 이름은 인류연맹 전투 영웅 훈장으로, 큰 전공을 세운 이들만이 받는 훈장입니다. 이

훈장을 수훈 받으심으로 인해 이진혁 님께서는 연맹의 영웅으로 대우 받으시게 됩니다. 인류연맹 최고 결의기관을 대리해 레벨 업 마스터 프로듀서 크리스티나가 훈장을 수여합니다. 감사합니다, 이진혁 님!

크리스티나가 선언을 마치자마자, 인벤토리에 NEW!가 떴다. 저게 훈장인가 보다.

[인류연맹 전투 영웅 훈장]

—분류: 훈장(Medal)

—등급: 특별(Special)

—내구도: 5/5

—옵션: 위엄 +25, 장착 시 인류연맹 소속 연맹원을 대상으로 우호도 +100.

—설명: 인류연맹에서 큰 전공을 세운 영웅에게만 수여하는 훈장.

위엄이 25나 오르는 장비다. 위엄을 어디다 쓸지는 모르겠지만……. 뭐 갖고 있어서 나쁘지는 않겠지. 내구도가 너무 낮아서 항상 달고 다닐 수는 없겠지만 말이다.

그렇게 훈장의 옵션을 별생각 없이 들여다보고 있었는데, 눈이 확 뜨일 만한 소리가 이어서 들려왔다.

—포상으로 금화 일만 개, 슈퍼 레어 스킬 선택권 1매, 레어 스킬 강화권 5매, 능력치 강화 주사위 20면체 1개, 6면체 5개,

유물 무기 추첨권, 마이스터급 전신 방어구 1세트 맞춤권이 주어집니다!

듣기만 해도 꿈과 희망이 절로 부풀어 오르는 포상 목록이 아닐 수 없었다. 이게 다 한꺼번에 인벤토리에 들어왔다. NEW! 표시로 번쩍거리는 게 보기만 해도 배가 부를 지경이다.

입꼬리가 절로 올라간다는 건 딱 이럴 때 쓰는 표현이다.

"고마워, 크리스티나."

─별말씀을요! 연맹의 영웅께서 받으시기에 합당한 보상이죠!! 영웅 훈장의 포상으로는 좀 과한 편이긴 하지만 제가 힘 좀 썼어요. 뭐… 전승식을 치르지 않는 대신 그 예산을 전용한 결과긴 하지만요. 이런 것도 다 교섭력이죠. 칭찬해 주세요!

"잘했어. 아주 칭찬해!"

─헤헤헤.

크리스티나는 입을 헤벌쭉 벌리며 좋아했다. 그러나 그것도 잠시. 다시 진지한 목소리로 그녀는 이렇게 말했다.

─이로써 훈장과 포상의 수여가 모두 완료되었습니다. 수고하셨습니다!

"수고는 뭘, 인벤토리에 받아 챙기는 게 전부였는데. 너야말로 고생했어."

─별말씀을요!

나는 레벨 업 마스터를 끄고 인벤토리 안에 집어넣었다. 크리스티나도 긴 회의를 치르느라 지쳤을 텐데 좀 쉬어야지. 그리고 받은 선물 보따리를 준 사람 앞에서 풀어보는 건 내 스타일은 아니다.

나는 인벤토리를 시야 가득 펼쳤다. 보기만 해도 흐뭇하다. 일단 눈에 확 들어오는 게 금화 1만 개의 황금빛이었다. 포상으로 받은 금화가 방금 전까지의 내 전 재산보다 많았다.

하지만 전력의 향상이 곧 생존으로 이어질 지금의 내 상황을 생각하자면 황금보다는 역시 같이 딸려 온 아이템 쪽이 더욱 중요했다.

"그럼 일단……."

나는 전신 방어구 맞춤권부터 사용하기로 했다.

전신 방어구 맞춤권은 쓰더라도 바로 방어구 세트가 뿅 튀어나오는 게 아니라, 원하는 옵션에 맞춰 가장 적합한 마이스터급 장인이 수주를 받아 직접 제작을 시작하기 때문에 완성까지 최소한 1주일, 길면 2주까지 시간이 걸린다는 설명이 붙어 있었다.

"직업은 반격가. 1순위 옵션은 직감, 2순위 옵션은……. 행운 하자. 행운. 재질은 제한 없음, 무게도 제한 없음."

강건 능력치가 높다 보니 설령 납으로 전신 갑주를 만들어도 충분히 입고 뛰어다닐 수 있었다. 그렇다 보니 나머지 조건들도 특별히 체크할 게 없었다. 나는 스스슥 옵션 항목들을 체크하고 발주서를 보냈다.

"뭐가 만들어져 올지 기대되는군."

[유물 무기 추첨권]

　－유물 무기 하나가 확정적으로 주어지는 추첨권. 당신에게 행운이 있길⋯⋯.

　확정 추첨권인데도 행운을 강조하는 게 살짝 불안하다. 꽝이라도 있나 보지? 뭐, 그래도 유물이고 팔기만 해도 꽤 남는 장사긴 할 거다. 그렇다고 가벼운 마음으로 까볼 수는 없었다.

　"행운이 필요하다면 올려야지."

　행운: 45

　나는 남은 미배분 능력치를 모조리 행운에 투자했다. 이 정도 행운이라면 다음 기회에 다른 인퀴지터로부터 [레저렉션] 스킬이라도 뜯어낼 수 있을지도 모른다. 상대의 스킬을 훔쳐오는 간파 S랭크 보너스는 행운의 영향도 받으니까 말이다.

　너무 운에 거는 것 같은 느낌이 안 드는 것도 아니지만, 어차피 능력치 강화 주사위도 돌려야 하니 손해는 아니다.

　[능력치 강화 주사위 6면체]

　－무작위 능력치가 1~6 오릅니다.

　시험 삼아 능력치 강화 주사위를 하나 굴려봤다.

—마력 +5

행운이 45인데도 5인가. 하긴 생각해 보면 5라는 수치는 앉은 자리에서 능력치를 보통 사람 평균의 2배로 만들어주는 수치이다. 내가 능력치가 높아서 소소하게 느껴지는 것뿐이다.

"흐음."

그래도 느껴지는 일말의 아쉬움을 담아서, 나는 다음 주사위를 굴렸다.

—솜씨 +3

"3?!"

3. 애매한 숫자다. 보통 사람이라면 이 정도에 만족할지 모르지만, 방금 전에 미배분 능력치를 행운에 몰빵 한 내 입장에선 도저히 납득 못 할 결과다.

"행운 제대로 적용되고 있는 거 맞아……?"

아니, 이건……. 그거다. 틀림없다.

나는 홀린 듯 20면체 주사위를 인벤토리에서 꺼내 던졌다.

—직감 +20

"역시!"

행운 총량 보존의 법칙이라고 아는가?

가볍게 설명하면 불행이 찾아오면 반드시 다른 행운이 찾아와 그 자리를 메워주고, 큰 행운에는 후일 불행이 찾아와 균형을 맞춘다는 이론이다.

이론이나 법칙이라기보단 미신이나 징크스에 가깝지만, 적어도 내 입장에서 보자면 튜토리얼로 납치당하기 전까지 이 법칙은 꽤 들어맞는 편이었다.

그래도 좀 부조리하다 싶은 불행도 있긴 했지만, 며칠 전에 행운 능력치가 2인 걸 보고 뒤늦게나마 납득했다.

하지만 지금 내 행운은 45다.

그런데 오른 능력치가 솜씨 +3이라면, 다음에는 더 큰 행운이 찾아오는 게 당연하지 않은가! 아니, 사실 당연하진 않지만. 근거 따윈 없지만!

어쨌든 결과적으로는 그 뒤에 굴린 20면체로 직감 20이 올랐다. 법칙이 맞아든 셈이다.

"좋아……!"

그렇다면 20이 뜬 지금 유물 무기 추첨권을 돌려선 안 된다.

[유물 무기 추첨권]

―무기로 분류된 유물 하나를 받을 수 있는 추첨권. 최소한 슈퍼 레어급 유물을 확실히 얻을 수 있고, 대단히 희소한 확률로 전

설급 유물까지 얻을 수 있다.

　─확률 표: 슈퍼 레어급 89%, 유니크급 10.9%, 전설급 0.1%

　평범한 사람의 9배 정도 행운으로는 유니크급의 유물밖에 뽑지 못한다. 나도 사나이다. 뽑으려면 전설급을 노려봐야 하지 않겠는가? 물론 한 장밖에 없는 유물 추첨권으로 전설급을 노리는 건 날강도나 다름없는 심보지만, 그렇다고 스스로의 욕망을 속일 필요는 없다.

　뽑고 싶다, 전설급!

　그렇다면 내 '행운의 총량'을 다시 보정해 줄 필요가 있다. 징크스에 불과할지도 모르지만, 원래 '운에 맡긴다'는 행위 자체가 미신에 가깝다. 더욱이 수치로 표시된 행운 능력치 이상의 결과를 노리는 내 입장에선 더욱 징크스를 무시할 수 없다.

　그러므로 나는 다시 6면체 주사위에 손을 뻗었다.

　─근력 +5

　…애매하다! 다시!

　─솜씨 +6

으음……. 5일 때 바로 추첨권 돌리는 게 나았으려나? 생각
해 보니 나 행운 45인데. 하긴 지금 와서 후회해 봐야 늦었다.
남은 주사위는 2개. 나는 다음 주사위를 굴렸다.

　─행운 +5

"흐음……."
　추가로 행운이 올랐으니 나쁘지는 않지만 확신을 가지기엔
부족하다. 다음!

　─솜씨 +2

"지금이다!"
　나는 곧장 유물 무기 추첨권을 꺼내다 질렀다. 눈이 절로
질끈 감겼다. 그러나 시스템 메시지는 내 닫힌 망막 위에 무자
비하게 떠올랐다.

　─전설급 유물! 축하합니다!!

"떴다!!"
　환희의 외침이 입술을 비집고 튀어나왔다.

*　　　*　　　*

[3대 삼도수군통제사 대장선 천자총통]

─분류: 무기, 유물(Artifact)

─등급: 전설(Legend)

─내구도: 1,000/1,000

─옵션: 공격력 +133, [포격] 계열 스킬 위력 +13레벨

─[숨겨진 옵션]

─[숨겨진 옵션]

─고유 사용 효과 [대장군전 사격]

─천자총통으로 대장군전을 발사한다. 이때, 사용자의 포격 스킬에 영향을 받는다.

─대장군전 사격은 적의 사기를 저하시키며 확률적으로 공포를 부여한다.

─대장군전은 대형 이상 크기의 적에게 400% 추가 피해를 입힌다.

─설명: 전설적인 성웅이 13 대 133의 전투에서 승리를 거두었을 때 사용했다는 대구경 총통.

"이게…… 뭐지?"

나는 역사를 잘 모른다. 그러니까……. 아무것도 모르는 걸로 쳐두기로 하겠다. 왜냐하면 '어떤 사실'을 눈치채는 순간 너

무 황송해서 이 무길 인벤토리 안에 고이 모셔둬야 할 것 같았기 때문이다.

그나저나 지구의 유물도 인류연맹이 확보하고 있었군. 한국산 유물이 전설급까지 받은 건 자랑스럽지만, 한편으로는 역시 지구는 멸망하고 지구 인류도 패퇴해 인류연맹에 합류한 걸지도 모른다는 가설의 근거가 늘어나는 건 씁쓸했다.

크리스티나에게 지구는 어떻게 됐다고 물어보면 바로 알게 될 일일지도 모르지만, 별로 그러고 싶지 않았다. 모르고 있을 수 있을 땐 그냥 모른 채 있고 싶다. 어쩔 수 없이 알게 된다면 그땐 또 그때 가서 생각해야지.

"공격력 100이 넘는 무기는 처음 보네!"

나는 애써 밝은 목소리를 냈다. 그래 봐야 혼잣말이지만 뭐 어떤가. 게다가 천자총통의 스펙을 보면 절로 기분이 밝아지기도 했다.

튜토리얼에선 공격력 7짜리 녹슨 대검으로 드래곤 목도 따고 다닌 나다. 이 무기를 들면 무엇을 할 수 있을까? 답은 '뭐든지'다. 적어도 기분상으로는 그랬다.

나는 천자총통을 꺼내 들어보았다. 드워프 키만 한 길이에 60mm 마법포의 두 배 정도 되는 구경으로, 도저히 사람이 혼자 들고 다닐 수 없는 크기와 무게였다. 그러나 근력 99+를 찍은 난 큰 문제 없이 휘두를 수 있었다.

"…이걸 들고 [받아쳐 날리기]만 쓰는 것도 낭비지."

아무래도 포격 스킬을 더 배워야 할 것 같았다. 마침 야전 마법포병 레벨을 하나만 더 올리면 새로운 포격 스킬을 얻을 수도 있고 말이다. [마법포 사격]도 포격 스킬이긴 하지만 이 전설급 유물 무기로 일반 스킬만 쓰고 다닐 순 없는 노릇이다.

높은 내구도도 마음에 들었다. 이것도 꽤 중요한 요소다. [초절강타]를 쓸 때마다 무기 내구도가 50씩 날아가니, 어중간한 내구도의 무기론 내 손에서 버티질 못한다.

그건 그렇고, 숨겨진 옵션은 뭘까? 뭔가 조건을 만족시키면 해방되는 걸려나? 혹시 몰라서 해당 항목에 시선을 집중해 봤지만 안내문은커녕 힌트조차 뜨지 않았다. 어쨌든 지금 상태보다 더 강력해질 가능성이 있다는 거니 나쁜 건 아니리라.

"이제 [헬리펀트 뿔 라켓]을 수리 보낼 수 있겠군……."

뿔 라켓을 수리 보내면 최소한 일주일은 쓸 수 없게 된다는 링링의 말에, 내구도가 얼마 남지 않았음에도 아직 들고 있던 터였다. 동굴 안에서 거미 잡을 때 굳이 그냥 장작으로 때려잡은 것도 그 때문이었다.

하지만 라켓보다 훨씬 더 좋은 유물 무기를 손에 넣었으니 더 이상 수리를 망설일 필요가 없게 되었다. 그냥 팔아도 되지 않나 싶지만, 세상일이 어떻게 될지 모르니. 일단은 남겨놔야지.

"그리고 또……. 일단 레어 스킬 강화권부터 쓸까?"

이건 고민할 필요가 없었다. 나는 [흡수/방출] 스킬에 강화권을 모조리 때려 부었다.

[마법포 사격]의 랭크를 올리면서 알게 된 게 있는데, B랭크 [흡수/방출] 스킬로 흡수할 수 있는 공격은 딱 다섯 개로 떨어지지 않는다는 것이 그것이었다.

랭크가 높은 스킬과 위력이 높은 스킬은 흡수 효율이 많이 낮아져, B랭크 마법포탄은 두 발까지밖에 저장하지 못한다.

이대로 그냥 두면 인퀴지터의 레전드급 스킬을 흡수 못 하는 일도 발생할 수 있었다. 그래서 흡수/방출 스킬의 강화는 반드시 필요했다. 링링한테 스킬 북을 사서라도 강화를 할 생각이었는데, 마침 크리스티나가 강화권을 받아다 줘서 다행이었다.

―강화에 성공했습니다.

[흡수/방출]+4
―등급: 희귀(Rare)
―숙련도: B랭크
―효과: 적의 에너지 공격을 흡수한다. 흡수한 에너지는 원하는 방향으로 방출할 수 있다.

그런데 4강까지 올리고 다음 강화를 하려고 하자 못 보던 메시지가 떴다.

―강화 한계에 도달했습니다. 더 이상 강화하실 수 없습니다.

―한계돌파!

―앞으로 1회 더 강화하실 수 있습니다.

하긴 강타를 강화할 때는 4강에서 멈췄고, 추가로 강화하기에 필요한 재료도 없었으니 지금 처음 보는 게 당연한 메시지이기도 하다. 하필이면 4강이 한계라니. 어쨌든 이런 데도 내 고유 특성인 한계돌파가 적용되니 다행한 일이다.

나는 다음 강화권을 선택해 사용했다. 그러자 이번에도 처음 보는 메시지가 떴다.

―강화 성공 확률: 10%

―강화하시겠습니까?

『레전드급 낙오자』 2권에 계속…

이제부터 전자책은

이젠북

www.ezenbook.co.kr

새로운 세계가 열린다!

김재한 『성운을 먹는 자』 　　철백 『대무사』
니콜로 『마왕의 게임』 　　가프 『궁극의 쉐프』
이경영 『그라니트:용들의 땅』 　　문용신 『절대호위』
탁목조 『일곱 번째 달의 무르무르』 　　천지무천 『변혁 1990』
강성곤 『메이저리거』 　　SOKIN 『코더 이용호』

이름만 들어도 황홀할 정도의 별들의 향연!
이들의 "유료연재"가 시작됩니다!

초대형 24시 만화방

신간 100%, 샤워실, 흡연실, 수면실(침대석), 커플석, 세탁기 완비

▪ 광명 광명사거리역점 ▪

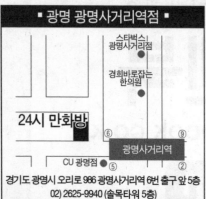

경기도 광명시 오리로 986 광명사거리역 6번 출구 앞 5층
02) 2625-9940 (솔목타워 5층)

▪ 강북 노원역점 ▪

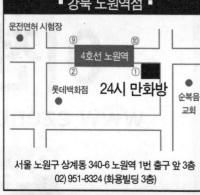

서울 노원구 상계동 340-6 노원역 1번 출구 앞 3층
02) 951-8324 (화용빌딩 3층)

▪ 일산 정발산역점 ▪

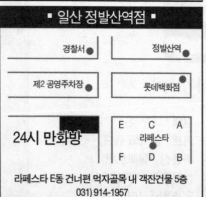

라페스타 E동 건너편 먹자골목 내 객잔건물 5층
031) 914-1957

▪ 일산 화정역점 ▪

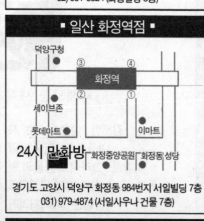

경기도 고양시 덕양구 화정동 984번지 서일빌딩 7층
031) 979-4874 (서일사우나 건물 7층)

▪ 부천 역곡역점 ▪

역곡남부역 기업은행 건물 3층
032) 665-5525

▪ 부평역점 ▪

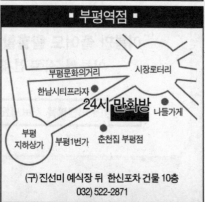

(구)진선미 예식장 뒤 한신포차 건물 10층
032) 522-2871